ATTIRÉE PAR LES LOUPS

LES LOUPS CENDRÉS

MILA YOUNG

Traduction
SOPHIE SALAÜN
Sous la direction de
JEAN-MARC LIGNY

ATTIRÉE PAR LES LOUPS © Copyright 2020 Mila Young

Couverture par TakeCover Designs

Traduction: Sophie Salaün

Sous la direction de: Jean-Marc Ligny

Venez découvrir mes romans sur www.milayoungbooks.com

CONTENTS

LES LOUPS CENDRÉS

Recherchée par les Loups

Attirée par les Loups

Obsédée par les Loups

Ce n'est qu'une question de temps avant que je ne les détruise tous...

Une louve enragée et assoiffée de sang n'est pas la seule chose mortelle en moi. Alors je dois faire ce que j'ai toujours fait de mieux. Courir.
La seule solution à présent, c'est de quitter mes Alphas, et le tout premier sentiment amoureux que j'aie jamais ressenti.

Et même quand le Destin s'en mêle et nous rassemble tous, y compris un nouvel Alpha sexy, qui a ses propres problèmes, je ne peux pas rester. Même si ça me tue de partir.

La douleur d'être loin d'eux va littéralement me tuer, mais peu importe ce qu'il advient de moi, je ne peux pas leur faire payer ma faiblesse.

Je ne peux pas me sauver moi-même, mais je peux les sauver, eux. Je peux les empêcher de voir ce que je vais devenir…

Mais mes Alphas dominants sont de très bons chasseurs, et je ne suis qu'une faible proie… et ils sont déterminés à me garder. Quoi qu'il en coûte.

*N*e pleure pas. Ne t'avise pas de pleurer ! marmonné-je à voix basse.

Mais un sanglot reste coincé dans ma gorge et mes entrailles se déchirent en lambeaux, terrassées par le chagrin.

Je cours à travers la forêt pour sauver ma vie, sautant par-dessus des troncs d'arbres morts, plongeant sous les branches basses, sans jamais m'arrêter. Des hurlements et grognements résonnent dans la forêt derrière moi, et je ne peux cesser de trembler.

Je ne pense qu'à mes Alphas. Les deux hommes auxquels je me suis offerte, qui m'ont protégée, qui m'ont marquée. Et maintenant, je les fuis. Mais je n'ai pas le choix... parce qu'ils connaissent la vérité.

J'essaie d'effacer les images du carnage entre les Loups Cendrés et les Monstres de l'Ombre, mais elles sont ancrées dans mon esprit. Je me rappelle que je suis immunisée contre les infectés qui ravagent ce monde, et que rester avec les Loups Cendrés ne peut qu'amener la guerre à leur porte. Chaque loup métamorphe voudra se battre pour me revendiquer, croyant que d'une façon ou d'une autre, je pourrais le rendre résistant au virus. Je ne sais même pas si c'est vrai, mais cela n'empêchera pas les loups d'essayer. Le désespoir mène tout le monde à la folie.

Je me souviens de Lucien disant : « *Si un tel remède existait, la bataille se terminerait en bain de sang.* » Il a raison... et je refuse d'être responsable d'avoir déclenché une guerre parmi les loups. Cela n'aide pas que je sois mi-humaine, mi-louve, et que je n'aie pas encore fait ma foutue première transformation en louve. Même pas après avoir été marquée par deux Alphas, avec qui je me suis aussi accouplée.

Cela fait de moi un handicap. Si ma louve décide de se montrer, elle me déchirera, me tuera, et ensuite, elle assassinera tous ceux qui se trouveront sur son passage. Pour ces deux raisons, je m'enfuis, afin d'épargner à tous les atrocités que je pourrais ramener dans leur foyer. Ma fuite leur offre l'opportunité de m'oublier, et peu importe que la peur m'enserre la gorge à l'idée de ne plus jamais revoir mes Alphas.

Mes yeux s'emplissent de larmes, et je frissonne.

Je fais ce qu'il faut faire.

À l'intérieur, je me sens comme une merde de m'enfuir, mais je sais aussi reconnaître une opportunité de sauver des vies quand j'en vois une. Je n'appartiens pas à cette meute. Mon cœur a beau se briser en signe de protestation, il faut que je me montre intelligente, et que je réfléchisse aux conséquences de mes actes. Le nœud au creux de ma poitrine se resserre, je laisse couler mes larmes et mon souffle se transforme en cris étouffés.

Un océan de morts-vivants se déverse sur la forteresse de Dušan. Une brèche s'est ouverte dans le mur, et maintenant les monstres envahissent son enceinte. Mes tripes se tordent à l'idée de la mort de ces innocents, mais les Loups Cendrés sont les enfoirés les plus coriaces que j'ai jamais rencontrés. Si quelqu'un peut survivre à un tel assaut, c'est bien eux.

Des grognements sauvages éclatent dans ces bois normalement silencieux.

J'ai l'impression que ma poitrine s'ouvre et saigne à la souffrance de m'être esquivée. Une soudaine poussée de douleur me traverse le corps, s'intensifiant à chaque respiration. Sauf que je peux pas me permettre d'être malade, pas ici, pas maintenant ; alors je lutte pour surmonter cette douleur lancinante.

Chaque souffle rauque me coûte, mais je continue de courir, même si j'ai l'impression de n'être plus que du verre brisé.

Des infectés efflanqués me percutent, dans leur frénésie à atteindre la meute de loups. Je me fraie un chemin à coup d'épaule parmi eux, les repoussant sur les côtés, puis je ramasse une grosse branche, grimaçant à cause de la douleur qui me perfore le flanc. Mais je ne perds pas un instant. Avec elle, j'abats quelques créatures, les frappe au visage, les fais tomber sur le dos. Puis j'enfonce la branche dans des cerveaux mous et spongieux, et le bruit gluant me donne la nausée. J'en détruis une demi-douzaine, avant que le groupe qui se dirige vers la meute ne disparaisse derrière moi. Je laisse tomber ma branche, couverte de substance gluante et de sang, et fonce droit devant moi.

J'entends résonner des hurlements et des cris de guerre, mais je ne regarde plus en arrière. Les Loups Cendrés font partie de mon passé, et je ne peux qu'aller de l'avant. Ce sera ma seule façon de survivre, même avec le cœur brisé. Ce n'est pas le moment d'avoir des états d'âme. Je dois être forte et rationnelle dans chacune de mes actions.

Mes poumons douloureux réclament de l'oxygène quand j'atteins les sous-bois. Je reprends mon souffle près d'un chêne immense, les mains sur les genoux, penchée en avant, aspirant de grandes goulées d'air. J'ai la respiration sifflante, je suis trempée de sueur, tous mes muscles tremblent. Je serre fort les paupières, sentant les larmes monter, et je m'entoure de mes bras, trébuchant sur l'arbre dans mon dos.

Je repasse le temps passé avec les Alphas dans mon esprit, et les souvenirs ne cessent d'affluer. J'ouvre les yeux sur les arbres et les buissons qui m'entourent ; les bruits de la guerre ont laissé place à un silence total, troublé seulement par le cri occasionnel d'un oiseau. Aucune odeur de loup ni d'infecté. Malgré tout, la culpabilité de ne pas les avoir aidés plus pèse lourdement sur mes épaules.

« *Aider les autres est une faiblesse* » avait dit une femme avec qui j'avais partagé une grotte autrefois.

« *Quand le danger arrive, tu fuis. Prends soin de toi,
car personne d'autre ne le fera.* »

J'entoure mon ventre de mes bras, me
rappelant le regard persistant de Lucien quand il
m'avait parlé de son passé, quand il m'avait serré si
fort contre lui que le désir m'avait coupé le souffle.
Dušan m'avait fait ressentir des choses que
personne d'autre ne m'avait jamais fait ressentir, et
m'avait promis de me protéger.

Je m'étais laissée aller à les croire, mais je me
trompais, et je les trompais aussi. Maman avait
l'habitude de dire que les promesses ne sont que
des déceptions en attente.

Je prends de profondes inspirations, et reste
sans bouger assez longtemps pour me remplir les
poumons. Je suis épuisée de toutes ces pensées, et
ne peux pas me permettre de les laisser m'obnubil-
er ; alors je redresse les épaules et me fais la
promesse de tout oublier. Comme je l'ai déjà fait
avec tout le reste de ma vie.

Sauf que j'ai la gorge serrée, et que des larmes
me brûlent les yeux. Je les chasse d'un battement
de paupières, et contemple une pierre en face de
moi, qui brille sous l'éclat du soleil. Je distingue
tout, la moindre fissure… chaque fourmi qui s'en
échappe. Je me frotte les bras, me rappelant à quel

point j'ai été proche de me transformer… et combien je sens encore ma louve remuer en moi. Mais je ne parviens pas à la convaincre de faire son apparition, même avec l'aide des Alphas.

Je n'ai besoin de personne. Je n'arrête pas de me le répéter comme un mantra, espérant que l'idée finisse par m'imprégner. Je m'écarte de l'arbre et m'élance à petites foulées, mettant encore un peu plus de distance entre eux et moi… *Vite et sans bruit.*

Le reste de la journée, je reste en mouvement, sans savoir où je vais aboutir. Mais cela n'a aucune importance, du moment que c'est aussi éloigné que possible des loups. J'ai vécu sans eux jusqu'à présent, et je peux continuer de la sorte.

Mon cœur bat la chamade rien qu'à cette idée.

Au moment où le ciel s'assombrit à l'approche du soir, je chancelle, à peine capable de tenir debout, et m'arrête près d'une rivière. Je ne reconnais pas l'endroit, et j'ignore à quelle distance je me trouve de là où je vivais auparavant. Cet endroit que j'avais repéré, où je savais que je serais à l'abri des loups sauvages. Mais ici, je suis une cible facile.

Je tombe à genoux devant la rivière, et je m'asperge le visage, avant de boire.

Une branche craque sur la rive opposée, et je

relève brusquement la tête, figée sur place. Mais ce n'est qu'une infectée qui titube. Une jeune fille, elle doit avoir treize ans, et porte des haillons, et une seule chaussure. Ses tresses sont emmêlées, souillées de taches sombres. Les yeux sans vie, elle s'attarde sur place, comme si elle essayait de sentir où se trouve son prochain repas. Un animal, un humain, un loup métamorphe. C'est du pareil au même pour elle. Mais on n'entend que le cri d'un oiseau dans ces bois.

Son regard me traverse comme si j'étais comme elle, indétectable, inexistante. Je me relève et balaie la poussière sur les genoux de mon legging noir. De l'eau macule mon cache-cœur bleu.

Je scrute les arbres en quête du meilleur endroit où dormir. Là-haut, je suis à l'abri des loups sauvages, et des autres créatures qui rôdent la nuit dans les bois. Je n'ai pas d'armes pour me défendre, alors je bouge vite, je n'ai pas de temps à perdre. Je me lance dans l'escalade, je m'aide de l'écorce rugueuse et des branches basses pour grimper le long du tronc d'arbre, jusqu'à atteindre une plate-forme naturelle formée par trois branches. À au moins six mètres du sol, je m'assieds, dos contre le tronc, et je plie mes jambes devant moi. Ce n'est pas le meilleur endroit, mais ça fera l'affaire. J'ai survécu cinq ans toute seule, je peux le refaire.

Respire profondément, me rappelé-je, et je repense à la dernière fois où j'ai escaladé un arbre pour me protéger... C'était la fois où Dušan m'avait trouvée dans la forêt, quand j'aurais dû fuir et ne pas le laisser entrer dans ma vie. Même mes os tremblent à ce souvenir de lui si près de moi, sa présence et son odeur qui m'engloutissent, qui me revendiquent avant qu'il ne m'ait marquée.

Je porte la main à ma nuque, à l'endroit où il m'a mordue. La peau est lisse maintenant, mais la chair est sensible sous mes doigts.

Après tout ce que j'ai traversé (voir ma maman se faire dévorer par les infectés, me battre contre des loups sauvages, et être enlevée), j'ai eu le tort de penser que j'avais peut-être trouvé mes partenaires.

Parce qu'il n'y a rien de tel pour moi.

CHAPITRE 2

DUŠAN

*P*utain *d'enfoiré...* Je lâche un grognement qui résonne sur le terrain, mais n'arrête pas l'assaut des infectés. Des choses mortes et dégoûtantes, incapables de penser mais toujours affamées de chair et de sang, s'infiltrent par le mur brisé dans la cour de ma meute.

Dans mon corps de loup, je plonge sur deux de ces bâtards, l'esprit embrumé. À quatre pattes, je charge tête la première, percute la poitrine de l'un d'eux, le jette sur le côté, puis me retourne, dents découvertes, pour affronter l'autre monstre. Je mords dans sa jambe et la déchiquète. Les bruits de lapements résonnent comme un chant de guerre autour de nous.

Tout le monde se battra jusqu'à ce que nous

ayons éliminé tous ces foutus morts-vivants. Sur la terrasse de notre forteresse, des gardes armés descendent les morts-vivants l'un après l'autre. *Bang. Bang. Bang.* Ils déciment le troupeau autant qu'ils le peuvent.

Je saute d'une créature à l'autre et j'en abats le plus possible, déchirant celles qui s'acharnent sur les loups vaincus. Les hurlements, c'est ce qu'il y a de pire, mais Lucien est avec moi et nous combattons ensemble, comme une machine bien huilée. Nous avons déjà été en guerre contre ces monstres, et nous nous battons côte à côte depuis que notre enfance.

Le monde est foutu. Mais nous nous sommes adaptés, nous sommes devenus des tueurs, il le fallait. Je ne ressens rien d'autre que de la haine ; tout le reste s'engourdit.

Bardhyl se jette dans la mêlée, le pelage blanc comme neige, chargeant depuis le côté de la maison. C'est un vrai char d'assaut, il abat une demi-douzaine de créatures d'un seul mouvement. C'est le plus terrifiant bâtard que je connaisse. C'est pour ça que je le garde auprès de moi.

Lucien émet un formidable grognement, et rien ne peut l'arrêter une fois qu'il est lancé dans la bataille. Des corps jonchent le sol autour de nous, des membres tressautent, des yeux clignent sur des têtes décapitées. Mais plus rien ne m'effraie.

Les loups combattent côte à côte et je déchiquette les créatures, les laisse en vrac dans mon sillage. Un hurlement déchire l'air. Je tourne la tête dans sa direction, sur ma droite, les babines retroussées sur mes crocs. Deux infectés clouent une louve au sol et la mordent, arrachent sa chair.

La fureur me dévore, et je vole, plus que je ne cours, droit sur eux. Je bondis sur l'un d'eux, plonge mes dents dans son dos, arrachant de la chair et des os. Dans ma tête, tout ce que je vois, c'est Meira qui se fait attaquer. Elle est dehors, quelque part, et je dois la retrouver avant qu'il ne soit trop tard.

Espèce d'idiote... elle n'aurait jamais dû s'enfuir.

Mais elle avait tellement de secrets bien cachés, n'est-ce pas ?

D'une, elle a une leucémie, et son corps humain est en train de mourir. Mais je doute qu'elle le sache.

De deux, Meira est immunisée contre les zombies, à cause de sa maladie de sang. Je ne crois pas que son sang puisse servir de remède, et pourtant elle fuit parce qu'elle pense que tout le monde la pourchassera pour cette raison.

Merde ! Quand je l'attraperai, je vais lui fesser fort son petit cul ferme.

Je me jette sur le second infecté, mes dents se referment sur son cou et je le décapite, fou de rage.

Je baisse les yeux sur la louve et la reconnais : une nouvelle Beta qui vient juste de trouver son âme sœur. Elle gît par terre et j'entends gargouiller le sang qui s'écoule des bords de ses lèvres. Ses yeux, déjà vitreux, scrutent le ciel. Je ne peux rien faire pour elle. Une fois morte, elle se réveillera, elle sera l'un d'entre eux. C'est de cette façon que le virus survit et qu'il s'est propagé jusqu'à infecter toute la planète. La Terre n'est plus que l'ombre de ce qu'elle a été.

Il ne reste plus rien. Rien d'autre que les créatures infectées par le virus et les survivants comme nous, qui essaient de bâtir un foyer au milieu de la destruction.

Quand la Beta s'apaise enfin, je referme la mâchoire autour de son cou et l'arrache d'un coup sec. Je ne réfléchis pas. Je fais simplement ce qui doit être fait. Mon cerveau reste sur pause pendant ces quelques instants, choisissant d'ignorer que ces images hanteront mes rêves pour les années à venir.

Mais en tant qu'Alpha, je ne peux pas tolérer que d'autres créatures soient générées. Et foutrement pas avec des loups de ma meute familiale.

Puis je replonge dans la bataille, oubliant tout sauf de détruire l'ennemi.

Nous nous battons.

Les morts-vivants tombent autant que les loups.

Je n'y prête pas attention, je continue de labourer les masses qui s'amenuisent.

Je fais volte-face à quatre pattes en quête de ma prochaine victime, et l'odeur puissante du sang envahit mes sens.

Tout ce que je vois, ce sont des loups debout, blessés et ensanglantés, et un sol jonché de morts-vivants.

Je respire par à-coups, refusant d'intégrer les petits détails. Portant mon regard vers le mur écroulé, je ne vois aucun mort-vivant s'engouffrer dans la brèche. Je lève la tête vers le ciel et rappelle mon loup avec un hurlement à briser les oreilles, qui déchire l'air. Ma chair ondule et un courant électrique crépite en moi comme des étincelles.

Ma fourrure noire se rétracte, mes os craquent, et je frémis sous le coup de la transformation qui m'écartèle en une fraction de seconde. Une explosion de douleur m'envahit, la souffrance est atroce mais j'y suis habitué maintenant. Nos transformations sont brutales.

Je me relève, et reste debout dans mon corps humain, dénudé, à contempler le chaos. Mon Troisième et mon Quatrième, Lucien et Bardhyl, reprennent aussi leurs formes humaines, comme le font les autres. Les cheveux blond pâle de Bardhyl flottent au vent sur ses larges épaules. Sa façon d'étudier le champ de bataille me fait penser à la première fois où je l'ai rencontré au Danemark, après qu'il eut massacré à lui seul une petite meute d'Alphas. Lucien aurait dû être mon frère, étant donné que nous sommes plus semblables qu'aucun de nous ne voudrait l'admettre. Il aide quelqu'un à se relever, puis regarde dans ma direction. Ses yeux de loup gris acier brillent au soleil, et il passe une main dans ses cheveux courts, couleur bois.

Puis les cris se multiplient autour de nous quand les loups se mettent à chercher leurs proches. J'ai mal aux tripes d'entendre leurs hurlements de chagrin.

Lucien enjambe un corps pour me rejoindre.

– Putain d'enfoirés d'infectés.

Il contemple le massacre, le visage déformé par la haine.

– Nous avons gagné. C'est tout ce qui compte, dis-je. Fais en sorte que les loups qui sont en état fassent le décompte de nos pertes, et assurez-vous qu'ils soient vraiment morts avant que leurs familles les emportent pour les enterrer. Emmène les infectés dans la montagne, aussi loin que possible, avant que leurs corps en décomposition ne pourrissent notre air.

Il hoche la tête et son attention se porte sur les morts ; il a le visage éclaboussé de sang.

– Bardhyl, appelé-je le loup Viking. Nous devons réparer le mur immédiatement. Veille à ce que ce soit fait.

Il se frappe la poitrine à deux reprises avec le poing, et se retourne brusquement vers le mur. Je fais confiance à mes hommes pour que les choses soient faites. Je me retourne vers les morts, et Lucien et moi nous mettons à la recherche de nos loups. Ils seront rendus à leurs familles afin de recevoir un adieu digne de ce nom.

Je repère un visage familier à quelques pas. C'est un jeune Alpha dont le cerveau a été fracassé ; ce brave soldat ne se transformera donc pas en créature.

Bang !

Le bruit derrière moi me fait tressaillir, et je lève la tête : je déteste être aussi nerveux. Les gardes s'assurent que tous les loups morts le resteront.

Nous nous mettons à ramasser les corps et nettoyer le carnage. Je ne saurais dire combien de temps cela dure, mais à la fin la nuit commence à tomber, et j'ai les muscles endoloris.

– Reposons-nous maintenant.

Lucien est derrière moi, le corps couvert de terre et de sang. Que le sang infecté pénètre notre système reste sans conséquence tant que nous ne mourons pas. À dire vrai, nous sommes probablement déjà tous infectés ; beaucoup pensent que ça s'est propagé dans l'air il y a bien longtemps. Et maintenant, le virus reste bien sagement en nous, jusqu'à ce que nous périssions et que nous nous réveillions.

Autour de nous, il ne reste que la terre maculée de sang. Les infectés ont été empilés sur des camions pour être éliminés demain, et les loups sont étendus dans le grand hall pour les cérémonies familiales.

J'ai tant de choses à faire que j'en ai le tournis, et c'est bien loin d'être terminé.

Je pense à Meira en regardant le mur qui borde ma cour, là où il a été détruit. Je n'arrête pas de la revoir en train de fuir, passer au travers des infectés, et son regard qui croise le mien, en état de choc.

Ce regard criait ses regrets, sa culpabilité et son chagrin – et pourtant elle est partie. Sauf qu'elle n'a jamais compris les règles de la meute sur le marquage et l'accouplement. Maintenant qu'elle a été marquée, plus loin elle sera de ses partenaires, plus elle ressentira de l'appréhension et une profonde douleur dans la poitrine. Le problème est que comme sa louve ne s'est pas encore montrée et ne m'a pas accepté ni moi ni Lucien comme ses véritables Alphas, elle est susceptible de subir d'autres attaques de loups. Sa chaleur moite va rendre d'autres Alphas complètement fous et les pousser à la revendiquer… et elle s'est enfuie seule.

– Nous devons la retrouver. La leucémie va s'emparer de son corps humain d'ici une semaine ou deux.

Lucien exprime mes pensées à voix haute.

Un profond grognement sourd dans ma poitrine. Putain, que je déteste cette bataille permanente. Quand ce n'est pas une chose, c'en est une autre.

— Nous irons la chercher ce soir, aboyé-je.

Il ne proteste pas parce qu'il sent comme moi cette douleur lancinante au creux de sa poitrine, d'être éloigné de sa partenaire marquée. J'arrive à peine à réaliser qu'il s'est accouplé avec mon Oméga, bien qu'il ne soit pas rare que des femelles choisissent plus d'un partenaire. Mais je laisse ces pensées de côté pour le moment.

— Aide Bardhyl et préparez-vous. Nous partons dans une heure, et prions la lune pour qu'il ne soit pas trop tard.

— Il y a quelque chose que tu dois savoir, commence Lucien.

Je secoue la tête : je ne suis pas prêt à entendre quoi que ce soit pour le moment. Je suis fatigué d'avoir sur moi l'odeur du sang des morts, et j'ai besoin de me remettre les idées en place pour comprendre comment tout cela est arrivé, avant de devoir gérer d'autres emmerdes.

Meira

*U*n cri déchire la nuit, m'arrachant à mon sommeil. Ma respiration se fait saccadée.

Je me balance sur le côté en ouvrant les yeux, et mon cœur fait un bond dans ma poitrine quand je commence à tomber de l'arbre. Frénétiquement, mon regard balaie les branches et je m'élance pour m'agripper à celle au-dessus de moi et me stabiliser. Il me faut quelques instants pour que mon cœur retrouve un rythme normal, ainsi que pour réaliser où je suis et pour quelle raison je m'y trouve. Les souvenirs m'écrasent à une vitesse incroyable tandis que je me remémore la folie que j'ai vécue. Mais ce que je déteste par-dessus tout, c'est la facilité déconcertante avec laquelle mon cœur se serre quand je pense à Lucien et Dušan. Je ne suis pas idiote, je sais que me marquer m'a fait quelque chose, nous a liés d'une façon ou d'une autre, mais je ne comprends pas les règles de ce jeu. La douleur lancinante dans ma poitrine finira-t-elle par s'estomper, ou me rendra-t-elle tellement dingue que je courrais les rejoindre ? Au temps pour moi qui prétends me débrouiller parfaitement bien toute seule. Même ici, ils ont un impact sur moi.

Un autre cri retentit dans l'air, et cette fois c'est clair, il vient de la rivière. C'est un cri de femme, ça j'en suis sûre. Je me raidis, et un reste de mon instinct de survie ressurgit.

Est-ce que la fille affronte un Alpha sauvage, ou un petit groupe d'entre eux ? Et si c'était une ruse de Mad pour me trouver ? Ou est-ce un leurre que Dušan utilise pour me leurrer, et me faire sortir de ma cachette ? Je n'arrête pas de penser aux derniers mots que Mad m'a dits avant que je ne m'enfuie :

– « *Je sais ce qu'il y a dans ton sang, pourquoi les infectés ne te touchent pas.* »

Ses mots me hantent. Ils s'accrochent à mon esprit comme des épines, me rappelant que, pour les loups, je ne serai toujours qu'une chose : une expérience de laboratoire.

Ce sont toutes d'excellentes raisons pour que je ne bouge pas de mon arbre. C'est de cette manière que j'ai survécu tant d'années, sans jamais me mêler des affaires d'autrui. Peut-être que cela fait de moi quelqu'un de lâche, mais je préfère penser que cela fait plutôt de moi quelqu'un d'intelligent.

Un autre cri encore, et cette fois je mords ma lèvre inférieure, car mon esprit se met à songer à des choses auxquelles il ne devrait pas. Comme envisager des façons de me faufiler en bas sans me faire repérer, juste pour voir ce qui se passe. Mais j'attends encore un peu…

Quand le cri suivant éclate, déchirant, il me fait bouger et je descends de mon arbre.

Je me rappelle qu'aider un peu m'aidera *sûrement* à apaiser la culpabilité qui me ronge les entrailles.

Je n'ai aucune idée de quand j'ai changé… l'ancien moi n'aurait jamais fait ça.

Mes pieds se posent doucement sur le sol herbeux, et comme personne ne fonce sur moi, je me glisse en avant et me faufile dans la nuit. J'espère que ce n'est pas une erreur.

Cachée dans un coin sombre sous un pin massif, je scrute la rivière où des ombres se déplacent.

Quelqu'un s'éloigne, tenant ce qui ressemble à une épée. Je plisse les yeux. Non, c'est une branche.

Je campe sur ma position, couchée au pied de l'arbre. Mon cœur fait des bonds, mais je suis aussi silencieuse que la nuit.

En une fraction de seconde, la silhouette pivote et court dans ma direction, poursuivie par plusieurs autres. Je frissonne, mon cerveau fait des étincelles et m'ordonne de courir, mais je n'ose pas bouger.

La fille me dépasse en hurlant, trois Monstres de l'Ombre à ses trousses. Eh bien, sa première erreur a été de faire du bruit. Cela ne fait qu'attirer plus de ces choses.

Je respire profondément et m'accroupis, tâtant le sol. Je trouve une longue branche et la brise sur mon genou, afin d'obtenir une pointe effilée. Et je m'élance à la poursuite de la fille. La seule raison pour laquelle je l'aide, c'est que je me sens assez merdique comme ça d'avoir fui la meute, et parce que tout le monde a besoin d'un coup de main de temps en temps.

Je leur cours après, et j'atteins d'abord un mort-vivant plus petit que les autres ; je plante le bout pointu en plein dans sa nuque, avec férocité. La pointe fend la peau et s'enfonce profondément en lui. Le truc avec les infectés, c'est que leurs os et leurs corps sont beaucoup plus mous que ceux des êtres vivants, donc plus faciles à pénétrer.

La créature hurle, et tombe. J'arrache le bâton avec un bruit gluant, saute par-dessus lui, et cours après le second, plantant mon arme dans son dos. Un coup de pied à l'arrière des genoux, et le mort-vivant s'affale en avant, sur ses mains et ses genoux. Je plante mon pied sur sa colonne vertébrale et empoigne la branche toujours plantée dans son dos. Je l'enfonce à travers son corps mou jusque dans le sol meuble, le clouant sur place. Je ne sais pas s'il y restera mais je continue, cours après les hurlements de la fille, ramassant au passage une autre branche par terre. Elle est plus fine que la précédente et le bois paraît plus dur au toucher.

L'appréhension rampe le long de ma colonne. C'est une folie de ma part de courir en pleine nuit alors que rôdent d'autres prédateurs, y compris des loups sauvages. Mais elle fait assez de bruit pour réveiller toute la montagne.

Alors je me rue en avant, mais il fait tellement sombre que j'arrive à peine à distinguer mes propres mains. Mon pied accroche une racine et soudain je trébuche en avant, et mon pouls s'accélère sous le coup de la peur.

Je me heurte à quelqu'un, lui rentre dedans de plein fouet.

La panique me paralyse les poumons, et un cri s'échappe de ma gorge.

Mais quand le grognement guttural typique d'un infecté résonne dans la nuit, émis par la personne en dessous de moi, je me recule rapidement et plonge mon arme à l'arrière de sa tête, là où c'est le plus mou, encore et encore, tandis que la créature rue et se débat pour se dégager. Mais je ne cesse pas, même quand une substance humide me recouvre les mains.

Quand la créature fait silence, j'arrête enfin et reste assise là, chevauchant un infecté mort, haletante.

Je déteste tellement cette journée !

Je ne sais pas ce qui m'a pris, parce que je n'ai jamais réagi de cette façon auparavant, jamais agi d'une façon aussi agressive.

J'entends un reniflement au-dessus de moi, et je lève les yeux vers une forme sombre accroupie sous un énorme buisson.

– Ça va ? demandé-je. (Je me relève avant d'essuyer mes mains sur mon pantalon.) Je ne vais pas te faire de mal, je te le promets.

Lentement, je m'approche de la jeune fille qui sort de sous le buisson. Elle doit avoir treize ou quatorze ans… Bon sang, ce n'est qu'une enfant. Elle m'arrive à peine aux épaules.

Entendant des feuillages craquer derrière moi, je lui prends la main et la tire à mes côtés.

– Chut. Pas un mot. Vite et sans bruit, d'accord ?

Elle hoche la tête, et nous fonçons toutes deux vers l'arbre aux branches basses le plus proche que je puisse trouver. Je déglutis avec peine et l'aide à monter, poussant son derrière pour qu'elle grimpe plus vite. J'avais son âge quand j'ai perdu ma maman et que j'ai dû survivre seule dans ce monde. À cette pensée, un terrible chagrin s'abat sur moi, pour tout ce que j'ai perdu.

Plus que tout, je me languis de mes Alphas en cet instant, et j'ai tellement mal que j'ai l'impression que ma poitrine va se fendre en deux.

CHAPITRE 3

LUCIEN

*D*ušan fonce à travers le champ maculé de sang et disparaît dans l'enceinte de la forteresse. Tout est foutu, et d'une manière ou d'une autre, au milieu de tout ce chaos, Meira s'est enfuie. Je serre les dents et mon loup me fouaille les entrailles à l'idée de la laisser s'échapper. Elle est sans défense, malade, et tellement bornée qu'elle se fera tuer si nous ne la trouvons pas à temps. Alors nous devons tout régler ici rapidement, parce que j'ai besoin de la prendre de nouveau dans mes bras.

J'ai l'estomac noué à chaque fois que je pense à elle contre moi, à son parfum hypnotique, à cette marque qui nous lie. Mais ça ne veut plus rien dire si elle s'en va et se fait tuer. Il fallait juste qu'elle nous laisse l'occasion d'expliquer ce qu'ont donné ses analyses de sang ; au lieu de ça, elle s'est enfuie. J'ai envie de l'embrasser pour faire disparaître toute cette peur qu'elle garde enfouie en elle.

Cette idiote ne sait pas à quel point elle est malade, ni qu'elle est sur le fil du rasoir de la mort.

En ce qui me concerne, on répare le mur, et on rassure la meute, on trouve cette ordure de Mad, et on part en quête de Meira. Je grogne, parce que la liste de choses à faire me semble interminable.

Et ce n'est pas un hasard si le Second de Dušan apparaît juste au moment où tout sombre dans le chaos. Il est allé rendre visite à la meute X-Clan à l'autre bout de l'Europe, car Dušan a passé un accord commercial avec eux. Mais nous avons récemment été informé par leur Alpha, Ander, que Mad a volé du sérum dans leur camp.

Les membres du X-Clan sont d'une race de loups différente des Loups Cendrés, et quelque chose dans leur système les immunise contre le sang des infectés. Ils ont un sérum qui ne fonctionne que sur leurs semblables.

Donc cet abruti de Mad a cru que c'était un sérum d'immunité, qu'il pourrait le reproduire, et l'utiliser pour lui. Sauf que le sérum n'a aucun effet sur les Loups Cendrés, et que ses actions ont mis en péril notre relation avec notre partenaire le plus puissant.

Dušan sait que j'ai envie d'arracher la tête de Mad, mais il protège cet enfoiré parce que c'est son demi-frère. Mais ça ne signifie pas qu'il n'est pas un salaud dangereux. Mad est responsable de toute cette merde qui est arrivée aujourd'hui. Je ne sais pas comment, mais je parierais ma vie dessus. Il n'a pas le regard franc. Bardhyl se moque de moi quand je le dis, mais on peut deviner les véritables intentions d'un loup dans ses yeux. Après tout, on dit qu'ils sont le reflet de l'âme.

Alors comment Mad a-t-il percé le mur de notre enceinte ? Je n'ai pas la réponse à cette question, donc je fonce à travers le terrain. Devant moi, le mur de pierre est effondré vers l'intérieur, comme si quelque chose l'avait défoncé depuis l'extérieur. Il en reste un grand pan intact, ce qui devrait nous aider à le remettre d'aplomb.

Je passe devant les membres de la meute qui ramassent les pierres et les gravats et pénètre dans les bois qui entourent notre camp. Les relents du sang de la bataille flottent encore dans l'air, rendant presque impossible la détection d'autres odeurs. Mais les traces de pneus qui lacèrent le terrain qui mène au mur sont un indice révélateur.

C'est le seul endroit où s'ouvre une clairière, donc il serait facile d'amener un véhicule jusqu'ici, de le lancer à pleine vitesse contre le mur, puis de s'échapper rapidement avant que quiconque s'en aperçoive.

– Lucien ! mugit Bardhyl. Ramène ton cul par ici, et donne-nous un coup de main.

Je me retourne et le vois, lui et une douzaine de membres de la meute, debout devant le mur effondré, la plupart accroupis pour le soulever et le remettre en place.

– Bien sûr.

J'appuie mes mains sur la barricade de pierre et nous poussons cette maudite dalle vers le haut.

Je grogne et peine sous son poids, mais il ne nous faut pas longtemps pour remettre le mur en place. Il y a encore d'énormes brèches et fissures sur le mur brisé, mais rien qu'un bon rafistolage ne puisse régler.

Tout le monde court partout, à nettoyer le carnage et s'arranger pour que les familles puissent voir leurs défunts. Bardhyl se tourne vers moi, ses longs cheveux blonds et son front couverts de poussière. Il est un peu plus grand que moi, et il pourrait bien sortir tout droit de l'époque des Vikings. Ce loup est un guerrier dans l'âme, et il en a la carrure. Et il a aussi un succès fou auprès de toutes les femmes célibataires de la meute... et même celles qui ne le sont pas lui portent un peu trop d'attention. Et putain, il aime ça, mais n'est-ce pas normal ? C'est le Quatrième de Dušan et mon ami le plus proche, juste après Dušan justement.

Je lui fais un signe du menton pour qu'il me suive à l'abri des oreilles indiscrètes, et nous gagnons le milieu du champ, loin de tous.

– Est-ce que tu as vu Mad quelque part ? grommelle Bardhyl, tandis qu'il balaie du regard la cour autour de nous.

Je secoue la tête.

– Dušan ne sait même pas encore qu'il est de retour. Je n'ai pas eu l'occasion de le lui dire. Mais cet enfoiré ne doit pas être bien loin, et il aura de la chance si je ne lui brise pas le cou quand je l'attraperai.

– Je te propose qu'on le retrouve et qu'on l'enchaîne avant qu'il n'ait l'occasion de faire d'autres dégâts, grogne Bardhyl, les tendons de son cou pulsant sous le coup de la rage. (Il pose les yeux sur moi.) – Et Dušan m'a dit aussi que vous partiez à la recherche de Meira tous les deux. Je veux venir aussi. On capture Mad et on se met en route. Je connais ces bois comme ma poche, et je connais son odeur. On se sépare et chacun couvre une partie du terrain.

Il est mon égal, et je ne vois aucune objection à ce que plus d'entre nous se mettent à la recherche de Meira avant qu'il ne soit trop tard ; parce que ça me tue de savoir qu'elle est quelque part dehors, et que nous ne sommes pas encore partis d'ici. Mais je ne suis pas certain que Bardhyl ait bien réfléchi à la situation. Avec le retour de Mad, il faut que quelqu'un reste ici pour diriger la meute.

– Je connais ce regard, me lance-t-il. Mad n'a pas combattu à nos côtés, et à mes yeux, ça fait de lui un ennemi. On part à sa recherche maintenant, en commençant par l'intérieur de la forteresse. Jamais nous n'aurions dû lui faire confiance.

– Ce n'était pas le cas pour nous, mais Dušan...

Je laisse ma phrase en suspens, car rien n'est jamais tout blanc ou tout noir... Ce sont des demi-frères. Mad et Dušan sont une famille, ils ne peuvent plus compter que l'un sur l'autre, et ce genre de relation est très compliqué. Je respire fort, des pensées sombres me reviennent, datant de la mort de ma première partenaire, Cataline... Je me réveille toujours en sueur, et chaque fois je jurerais la sentir près de moi. Je m'étais promis de ne plus jamais aimer, mais le destin est imprévisible, ayant fait de Meira mon âme sœur aussi. Et ça me déchire de devoir faire face à ces émotions.

– Si nous procédons de cette façon, il faut agir vite, et attraper ce salaud, explique Bardhyl, me tirant de mes pensées.

Je serre les poings et mon cœur cogne dans ma poitrine à la promesse d'une chasse.

– Meira manque de temps, et nous pourrons affronter la colère de Dušan plus tard, s'il n'aime pas notre façon de gérer la situation avec Mad.

Mon ami acquiesce, et nous fonçons tous deux vers la forteresse.

Dušan

Nous avons perdu sept guerriers au cours de la bataille, notre maison a été compromise et la meute va être plongée dans la panique. Ils ne se sentent pas en sécurité, c'est mon boulot de les rassurer, et de faire en sorte que la forteresse demeure un endroit sûr.

Mais au plus profond de mes tripes, l'angoisse m'assaille. Quelqu'un nous a piégés, et je lui arracherai la tête quand je le retrouverai. Si on ajoute à ça le fait que Meira se soit enfuie, cette catastrophe n'aurait pu se produire à pire moment.

Je sors de la douche et m'essuie avec une serviette, puis j'enfile mon jean et une paire de bottes. Je cherche un t-shirt noir propre, que j'enfile par la tête.

Si je dois m'adresser à ma meute, et les aider à retrouver un peu de sérénité, je ne peux pas le faire en étant couvert de sang. Ils ont besoin de savoir qu'en dépit de la tragédie d'aujourd'hui, les choses vont s'améliorer. Il le faut. J'ai besoin d'y croire, parce que je ne peux pas foncer dans les bois à la recherche de Meira si je m'inquiète pour la sécurité de ma meute. Plus je tarde, plus loin elle ira, alors il faut que j'agisse vite.

Je sors de ma chambre et longe le couloir. J'avais prévu de travailler avec Meira, de trouver un moyen de faire sortir sa louve avant qu'il ne soit trop tard. Si elle pouvait se transformer, sa louve guérirait la maladie du sang qui ravage son côté humain.

Eh bien, on peut dire que ce plan a échoué misérablement. Rien que d'y penser, je serre les poings et mes muscles palpitent de frustration.

Pourquoi t'enfuir, ma belle ?

Du coin de l'œil, je remarque une silhouette sur le balcon en passant devant la porte. Je me retourne pour mieux regarder. Des cheveux blancs coupés courts. Il est tout de noir vêtu, et ses mains agrippent la rambarde alors qu'il contemple la cour en bas, où tout le monde travaille sans relâche pour ramener un semblant de normalité.

Mes poils se hérissent et mon loup s'agite, agressif, grogne dans ma poitrine. Mon sang se met à bouillir, et je fonce droit sur lui.

– Tu ne présentes plus tes respects à ton Alpha après une mission ? grogné-je.

Mad pivote pour me faire face, d'un mouvement rapide, mais son sourire ne suit pas.

Narines dilatées, je m'approche de lui, lui fais face, lui souffle dessus. Je tremble d'envie de le déchiqueter pour oser me défier.

Je sens toute l'hostilité qui se dégage de lui, alimentant ma colère, chargeant l'air d'électricité. Ses yeux s'étrécissent en un défi primaire. Sa bouche se déforme en un rictus, accentuant la cicatrice sur sa mâchoire.

– Tu as volé Ander. (Je lui crache mes mots au visage.) Putain, mais à quoi tu pensais ? Donne-moi le sérum ! rugis-je.

Il a de la chance que je ne lui aie pas encore arraché la tête.

Tout mon accord commercial dépend du retour du sérum au X-Clan. Je n'ai aucune envie de perdre la possibilité d'obtenir de nouvelles technologies et de nouvelles ressources d'Ander, juste pour que Mad joue à Dieu. Cette petite merde n'a toujours pensé qu'à lui-même. Pendant trop longtemps j'ai justifié ses actes en me racontant qu'il est plus jeune que moi, qu'il a encore beaucoup à apprendre. Mais sa dernière incartade pourrait bien mettre un terme à ma patience envers lui. J'en ai plus qu'assez de lui sauver la mise à chaque fois qu'il fait des conneries de ce genre.

Mad ne bouge pas : au lieu de ça, il me regarde droit dans les yeux, il me défie.

– J'ai fait ça pour nous, balance-t-il, comme si c'était *moi* l'indiscipliné. J'ai vu une opportunité, et je l'ai saisie.

Je l'attrape par le cou et je serre.

– Ce n'est pas une putain de plaisanterie.

Quand je regarde au fond de ses yeux bleu pâle, tout ce que je vois, c'est mon père. Dans ma tête, je l'entends me hurler dessus, me claquer l'arrière de la tête, me dire que je ne suis bon à rien. Que je ne ferai jamais un bon Alpha, parce que je suis trop faible. Mad s'accroupissait dans un coin, gémissait pendant que je me faisais battre, essayait parfois d'arrêter notre père. Mais à présent il a changé, ce n'est plus le demi-frère avec lequel j'ai grandi, c'est un loup qui cherche sa propre voie. Et je lui souhaite bonne chance, mais ça n'arrivera pas sous mon toit.

Il pose une main sur ma poitrine et je le relâche ; il trébuche pour retrouver son équilibre. Le bas de son dos s'appuie sur la rambarde de métal, ce qui lui arrache un sourire ironique.

– Ce n'était pas comme si j'avais pu t'appeler alors que j'étais en territoire ennemi, pour qu'on discute du fait de voler un antidote qui pourrait aider les Loups Cendrés.

Son rictus et ses mots alimentent encore ma fureur.

– Le X-Clan n'est pas un putain d'ennemi. Si tu es incapable de comprendre un traité, alors j'ai perdu mon temps en faisant de toi mon second.

– Dušan, grogne-t-il. Ce n'est pas juste, mec. J'ai fait ça pour nous.

Mon cœur tambourine dans ma poitrine, et l'adrénaline qui m'envahit est comme une bombe à retardement dans ma cage thoracique.

– Tu as fait ça pour toi. Sinon tu m'en aurais

parlé. Au lieu de ça, c'est Ander qui m'a mis au courant.

Un grognement féroce m'échappe, et il tressaille tout d'abord, puis redresse les épaules comme s'il retrouvait du courage.

Il secoue la tête.

Je l'attrape par la mâchoire et serre jusqu'à ce qu'il grimace.

– Écoute bien attentivement, pour que ton cerveau enregistre bien : le sérum des X-Clan ne fonctionne pas sur les Loups Cendrés. Il est conçu spécialement pour leurs loups. Il n'a aucun effet sur nous. Si tu me l'avais demandé, je te l'aurais dit avant que tu ne manques de ruiner notre partenariat avec Ander.

À l'écoute de ma révélation, ses yeux s'écarquillent, ce qui me donne d'autant plus envie de lui arracher la tête. Je l'ai pris comme second pour une simple raison : c'est mon demi-frère. Je pensais qu'il pouvait s'élever, prendre son rôle au sérieux, garder le leadership des Loups Cendrés dans la famille. Mais c'était une erreur, que je ne reproduirai pas.

Il s'extirpe de mon emprise, se cogne contre la balustrade. Un rictus lui déforme le visage.

– Putain, d'accord, tu peux les récupérer. Dégage de ma vue.

Je secoue la tête et crispe les doigts, j'ai envie de lui faire entendre raison à coups de poings, même si je doute que cela fasse une grande différence. Je vois clairement maintenant l'erreur que j'ai faite en donnant à mon demi-frère ce genre de pouvoir dans la meute.

– Dis-moi ce qui s'est passé avec la livraison de femmes pour Ander. Comment t'as pu en perdre une ?

Je me redresse et j'élève la voix à mesure que ma patience s'amenuise.

Il hausse les épaules.

– Aucune idée, mais je dirais que c'est le destin, étant donné que cette petite pétasse a un sang qui pourrait bien être notre remède. (Il se penche vers moi.) – Pense aux possibilités, mon frère. Je peux le faire pour l'équipe : je la saute, et je revendique cette petite pétasse d'Oméga, et on utilise son sang comme remède pour aider tous les Loups Cendrés.

Fulminant, je lui balance mon poing en pleine figure sans hésiter. Je le frappe à la tête, et il s'incline vers l'arrière pour parer le coup ; j'atteins le côté de son visage. Son loup se réveille au fond de son regard.

C'est ce que je veux... qu'il attaque. Je le détruirai.

Il s'éloigne hors de ma portée, les lèvres réduites à un trait, me crachant toute sa haine.

– Tu la veux pour toi ? Alors pourquoi ne l'as-tu pas revendiquée ? Elle sent la luxure, sa liqueur est si douce dans l'air.

Il me provoque. Je le vois au rictus qui déforme sa bouche, mais je ne tomberai pas dans son piège cette fois. C'est un manipulateur, chacun de ses actes est calculé. Il est tout simplement impossible que Meira se soit échappée de l'avion par hasard. Nous avons des protocoles qui n'ont jamais été enfreints auparavant.

– Tu sais ce que je crois ? Tu as facilité l'évasion de Meira pendant que tu avais le dos tourné pour avoir une raison de rester avec les X-Clan, sachant que je me démènerais pour trouver une femelle de remplacement pour Ander. Tu comptais sur moi pour tout faire pour sauver notre accord commercial. Pendant ce temps, tu as mis en place ton petit plan pour voler le sérum. Tu n'as pas simplement sauté sur l'occasion, pas vrai ?

Il n'y a pas d'autre manière d'expliquer comment il se fait que Meira ne soit jamais parvenue à Ander. Je me suis creusé la tête à ce sujet, car nos plans sont simples : les femmes montent dans l'avion et sont enchaînées, fin de l'histoire. Mihai m'a confirmé qu'il avait livré neuf femmes à l'avion, ce qui veut dire que Mad n'a pas accompli la seule tâche qui lui incombait, à dessein.

Une expression stoïque se glisse sur son visage, celle qu'il emploie quand il ment. Derrière lui, en bas dans la cour, des membres de la meute œuvrent avec acharnement à ramener l'ordre dans une journée chaotique.

– Tu es devenu parano, mon frère, marmonne-t-il, serrant les épaules comme s'il allait se transformer.

– Est-ce que tu es aussi responsable de la brèche dans le mur ? demandé-je, la colère s'infiltrant jusque dans mes os.

Il se gratte le nez en ricanant, comme si j'inventais tout ça.

– Tu veux aussi me blâmer pour ce virus qui se répand sur la planète ?

Je suis sur lui en l'espace d'une seconde, ma main de nouveau sur son cou, et je le pousse jusqu'à le pencher en arrière sur la balustrade.

– Avec toi, Stefan, les coïncidences n'existent pas. Et je ne peux pas faire semblant d'ignorer que nous subissons notre première brèche le jour où tu rentres furtivement chez toi.

– Putain, ne m'appelle pas comme ça ! crache-t-il, découvrant ses dents.

Il hait ce nom, parce que c'est mon abruti de père qui le lui a donné.

Il s'accroche sur moi, ses mains agrippent mon bras pour éviter de basculer par-dessus le balcon.

– Je ne suis pas rentré furtivement, grommelle-t-il. C'est quoi ton problème ?

J'arrive à peine à me contenir devant ses mensonges incessants.

– Enfin, Dušan, ce n'est pas toi ! En grandissant, on avait un but, tu te souviens ? Trouver un moyen de mettre fin à la malédiction. J'ai essayé, et j'ai échoué avec le X-Clan. Tu peux me blâmer de vouloir le meilleur pour les Loups Cendrés. Mais cette pétasse, Meira, est là, dehors, alors allons la chercher.

Il y a une lueur dans son regard… Mon demi-frère est un maître dans l'art de la tromperie. Je le vois clairement à présent.

Plus il parle de Meira, plus j'ai envie de lui arracher la langue. Je ne veux pas qu'il prononce son nom. Tout ce que j'entends, ce sont ses menaces à l'égard de mon âme sœur, et ça ne va pas le faire.

En le redressant de sa position penchée sur la balustrade, je sens la rage fébrile dans son corps, son loup qui grogne pour être libéré. À ma grande surprise, Mad s'efforce de se retenir : les plis de son front le trahissent. Son regard se porte par-dessus mon épaule. Des pas se rapprochent dans mon dos, et je flaire dans l'air les senteurs de terre et de loup de mes troisième et quatrième.

Lucien et Bardhyl nous ont rejoints. Parfait.

Attrapant Mad par la chemise, je le fais valser de l'autre côté, et jette un œil aux deux membres de la meute en qui j'ai confiance au point de leur confier ma vie. Je balaie les jambes de Mad d'un coup de pied, pour qu'il tombe à genoux devant nous.

– Tu es démis de ton foutu titre de second de l'Alpha, rugis-je. Ta position est désormais au bas de la hiérarchie de la Meute Cendrée. Même les Betas ont un rang supérieur au tien.

– Va te faire foutre, Dušan. Tu ne peux pas faire ça ! C'était la meute de mon père aussi. J'appartiens à l'élite.

Il commence à se relever, mais je lui balance un autre coup de poing au visage pour qu'il reste à terre. La douleur du coup se répercute dans tout mon bras. Il grogne et me regarde, inébranlable.

– Il était temps, grogne Lucien.

Je lève les yeux vers lui.

– Lucien, tu es maintenant mon second, et Bardhyl, mon troisième. Occupez-vous de cette ordure. Je veux qu'il soit enchaîné dans un cachot.

Bardhyl sourit en se penchant pour attraper Mad par le bras, le remettant sur pied. Mad tente de le frapper, mais Bardhyl attrape son poing en riant et le lui tord dans le dos. Mad crie de douleur et Lucien en profite pour lui balancer un coup de poing dans le ventre.

Je me détourne, agacé au plus haut point. J'ai juste envie que Mad dégage de ma vue. Prenant une grande inspiration, je me calme et me prépare pour aller parler à la meute et les apaiser.

Je déteste d'être en train de fulminer à l'idée d'enfermer mon demi-frère dans un cachot, alors que nous étions censés former une équipe. Pour une fois, je veux que les choses tournent en ma faveur.

Mes pensées dérivent vers Meira et le temps qui passe. Merde, elle est partie ! La fureur envahit mon esprit. J'ai les tripes nouées. Cela fait maintenant des heures qu'elle est partie. Le soleil est couché à présent, mais j'espère qu'elle n'est pas allée trop loin. L'épuisement l'aurait achevée. Je repense au moment où je l'ai trouvée cachée dans la petite cabane qu'elle avait construite dans un arbre, et où elle vivait seule dans la nature. Elle est bien plus à l'aise parmi les infectés que n'importe qui d'autre. Sauf qu'elle ne connaît pas bien ces bois dans le Territoire des Ombres. Ce sont mes bois, ce qui me donne l'avantage.

CHAPITRE 4

MEIRA

*M*es paupières s'ouvrent dans une explosion de lumière ; je cligne des yeux et les plisse devant le soleil du matin qui brille dans ma direction.

Je me rends compte en bougeant que j'ai les jambes et les fesses engourdies ; je me suis endormie dans la position inconfortable où j'ai échoué dans l'arbre. En me retournant, je ressens des picotements dans les jambes.

Attends, où est la fille d'hier soir ?

Je baisse les yeux et la cherche fébrilement du regard, me disant qu'elle est tombée de l'arbre durant la nuit, mais je l'aurais entendue. À moins que les Monstres de l'Ombre ne l'aient enlevée aussitôt.

En mon for intérieur, je sais qu'elle n'est pas tombée ; elle a dû profiter de mon sommeil pour filer. Je me suis déjà retrouvée dans sa situation, à vivre dans les bois sans faire confiance à quiconque. Tout le monde représente un danger ; elle ne me connaît pas, alors pourquoi devrait-elle me faire confiance ?

Malgré tout, j'angoisse à l'idée qu'elle soit toute seule là dehors. Je profite de mon point de vue élevé pour la chercher. Il y a des arbres partout, mais pas d'oiseaux ni d'autres animaux. Je vais pour descendre de l'arbre quand une douleur atrocement aiguë me submerge si intensément que je ferme les yeux et serre les dents jusqu'à ce qu'elle diminue. Quoi qu'il se passe en moi, la douleur revient plus fréquemment à présent, comme si elle s'accumulait dans un but précis. Mais je la repousse car je n'ai pas de réponse pour le moment.

Je saute enfin de l'arbre et scrute le sol de la forêt autour de moi. Des arbustes envahissants étouffent la terre de lianes à feuilles persistantes qui grimpent sur les troncs des pins. Aucune trace ni restes d'un cadavre, alors je trace mon chemin en direction de la rivière. J'ai besoin de me laver, et il est probable que la fille y soit retournée aussi.

Une fois sur place, je m'agenouille et m'éclabousse le visage d'eau claire, puis me frotte la nuque. Je suis en train de boire quand j'entends craquer une brindille sur l'autre rive.

Je redresse la tête et aperçois un petit cerf avec des taches blanches sur l'arrière-train. Je suis fascinée, ça fait bien longtemps que je n'ai pas vu de cerf. Cette petite bête a survécu jusqu'ici, et j'espère qu'elle continuera un long moment. Quand je me relève, il tressaille et retourne d'un bond dans les bois.

Je me remets debout et m'éloigne de la rivière. Le cerf a peut-être eu de la chance jusqu'à présent, mais la roue finit toujours par tourner. Ce n'est pas un monde peuplé de papillons et de licornes, mais de zombies et de loups avides de sexe. Je remonte rapidement sur la berge et fonce dans les bois, hors de vue, pour éviter d'être repérée.

Mais je garde la fille à l'esprit. Où est-elle allée ? Aussi égoïste que cela puisse paraître, j'aurai apprécié sa compagnie. Cela semble étrange d'avoir une telle pensée alors que j'ai vécu des années seule dans les bois, mais si je suis honnête avec moi-même, être avec la meute était un répit agréable, même s'il fut de courte durée. Savoir que je n'étais pas seule, et que nous travaillions tous à la survie dans une enceinte protégée... l'idée commençait à me plaire. Je soupire tant je me sens hypocrite.

Mes émotions me dépassent carrément maintenant, alors qu'avant je ne supportais même pas l'idée de rejoindre une meute. C'est ridicule d'avoir de telles pensées, quand on voit de quelle façon les choses se sont terminées avec les Loups Cendrés.

Je marche rapidement sur les feuilles sèches et les arbustes, mes mains se balançant contre mes flancs, tandis que j'arpente la forêt en quête d'une trace de la jeune fille. À chaque inspiration, je recherche l'odeur distinctive du loup, et la puanteur putride des Monstres de l'Ombre. Mon truc pour survivre a été de vivre près des morts-vivants, car ils ont tendance à se rassembler en petits troupeaux. Leur présence rend peu probable celle de loups sauvages qui pourraient vouloir me faire du mal. C'est une astuce simple, mais elle m'a permis de rester en vie tout ce temps.

Gardant la rivière sur ma droite, je file tout droit en espérant aller dans la bonne direction, vers là où se trouvait ma cabane dans les arbres. J'y récupérerai mes quelques biens et trouverai un nouveau foyer où personne ne pourra me traquer.

Pas après pas, je continue d'avancer ; je dois

oublier ces Alphas qui m'ont affectée d'une manière surprenante. C'est ma faute, je me suis laissé croire que je pouvais même avoir une vie normale. La vérité est plus douloureuse aujourd'hui parce qu'ils me manquent, et je me déteste de ressentir de telles émotions. Je serre de nouveau les poings contre la douleur qui envahit ma poitrine. C'est la même sensation que la nuit dernière... une envie qui menace de me déchirer. Et avec cette souffrance vient le sentiment désespéré de laisser derrière moi ce qui m'appartient. Mais je ne cesse pas de marcher pour autant. Je continue, un pied devant l'autre.

C'est à cause des stupides marques que m'ont faites Dušan et Lucien. Je sens le picotement sur ma peau à l'endroit où ils m'ont mordue, et une énergie impitoyable m'envahit, me rappelant en permanence que je leur appartiens.

Je me concentre sur les bois, mais ma tête est pleine de pensées plus sombres.

La peur monte en moi, j'ai une boule dans la gorge. Si ma louve décidait de sortir, je pourrais mourir à tout moment. Mais là encore, je suis une survivante de l'apocalypse, et la mort vient pour tout le monde, tôt ou tard. Je m'efforce d'ignorer l'inquiétude qui s'infiltre dans mon esprit, ma crainte de me faire attraper. Je serre mes bras autour de ma taille, surveillant les alentours à chaque pas que je fais.

J'ai marché presque toute la journée, le soleil a entamé sa descente, et avec le crépuscule vient un froid glacial. Je concentre toute mon énergie pour avancer plus vite à travers les bois silencieux. Mes muscles endoloris se tendent, mais je continue de marcher jusqu'à ce que le crépuscule s'installe. Les pierres qui jonchent la pente que j'aborde glissent sous mes pieds et je dérape, le ventre noué. J'empoigne une branche voisine pour me rattraper. Je dévale rapidement la colline jusqu'à une vallée au fond de laquelle la rivière rugit et mousse autour des rochers sur lesquels elle s'écrase.

Je m'agenouille au bord de l'eau pour étancher ma soif, quand je vois du coin de l'œil la carcasse desséchée d'un cerf, la peau pelée, la cage thoracique débarrassée de sa chair. Comme si on avait essayé de grignoter le plus possible de cette dépouille.

Près de mon pied, je vois un reflet blanc scintillant, Je ramasse l'os qui a dû autrefois appartenir à la patte de l'animal. Il a été brisé en deux, et l'extrémité cassée est bien effilée. Je resserre les doigts autour de l'os, que je tiens bien en main.

Je le glisse dans la ceinture de mon legging noir, pointe tournée vers le haut pour éviter de faire un trou dans le tissu ; je me relève et me remets en route. Je traverse un petit champ d'herbes folles et d'arbustes, laissant la rivière derrière moi. Je me dirige vers les grands chênes qui peuplent côte à côte cette partie de la forêt, avec leurs grosses branches couvertes de feuilles vertes luxuriantes. Ces gardiens altiers seront mon abri pour la nuit.

Sous l'ombre protectrice de la forêt, je cherche l'arbre parfait pour l'escalader et m'y installer, de préférence un qui a de multiples branches croisées. Mais mon attention est attirée par un fruit rouge rosé qui pend d'un arbre à quelques mètres de là.

Je me mets aussitôt à saliver et me précipite vers le prunier, dont les branches sont lourdement chargées de boules rouge vif. Poussant un cri de joie, je saute pour attraper un fruit. La peau est douce sous mes doigts et j'en mords un gros morceau ; la peau craque sous mes dents avec un petit claquement jubilatoire. Le jus doux et sucré éclate dans ma bouche et coule sur mon menton. Je gémis de plaisir et engloutis le fruit en trois bouchées supplémentaires, avant d'en attraper deux de plus.

Je jette les noyaux par terre et j'en cueille encore, et je ne sais plus combien j'en ai mangé quand je m'arrête, rassasiée. J'ai du jus plein les doigts, que j'essuie sur mon pantalon avant de cueillir une demi-douzaine de prunes en plus pour les emmener avec moi dans l'arbre.

Maman et moi allions toujours cueillir des fruits. Elle faisait le guet pour les Monstres de l'Ombre pendant que je grimpais dans les arbres et que je jetais les fruits à terre. Si nous avions su que j'étais immunisée contre les morts-vivants, ç'aurait été plus logique que ce soit moi qui monte la garde, surtout après que Maman avait échappé à plusieurs attaques.

Elle me manque terriblement, sa voix me manque, ses tartes aux fruits mélangés me manquent. Mes prunes dans les mains, je reprends ma recherche du meilleur arbre dans lequel m'installer, quand une douleur atroce me fouaille tout le corps. Je frissonne, les fruits me tombent des bras, et s'échouent au sol tandis que mes genoux cèdent sous moi.

La douleur palpite et je me contracte fort, chevauchant la souffrance qui me transperce comme du verre brisé. Mes poumons se serrent et je tousse, avant de cracher du sang. Exactement comme je l'ai fait dans la forteresse des Loups Cendrés. Il y a vraiment quelque chose qui ne va pas chez moi. Ces attaques surviennent de plus en plus souvent, et je ne me sens pas moi-même.

Je fixe les éclaboussures de sang sur les feuilles sèches. C'est une nouveauté de cracher du sang. Je m'essuie la bouche d'une main tremblante, alors que la peur s'insinue dans mes pensées.

Ma louve refuse de sortir. Je suis brisée. Mais même si j'ai fui la sécurité de la meute et que je sais que cette louve pourrait sortir à n'importe quel moment, ce qui me tuerait si mes Alphas ne sont pas dans les parages, je n'ai pas envie de mourir.

Je vis au bout du monde et me dis chaque jour que la mort pourrait venir à tout moment, mais quand je la regarde en face, que je sens ses griffes en moi, je me sens moins brave.

Les larmes brouillent ma vision, je hoquette un cri étranglé, et la douleur s'enroule autour de mon cœur. Je ne pense qu'à mes Alphas, au fait que me blottir dans leurs bras m'apaiserait. Mes émotions n'ont aucun sens alors que je suis assise au milieu d'une forêt qui s'assombrit, seule, à me demander si j'ai pris la bonne décision.

Je pleure dans mes mains, car je n'ai pas fui pour moi. Je l'ai fait pour les protéger de moi. Peu importe ce que je me raconte, c'est la foutue vérité. Je suis un danger pour eux, mais à l'intérieur, je meurs d'envie d'être avec mes loups.

Mon menton tremble et les larmes coulent sur mes joues.

Je suis fatiguée de cette peur et de cette angoisse permanentes ; j'aurais aimé naître comme une Oméga normale. Je me rappelle la louve que j'ai rencontrée durant mon premier jour dans l'enceinte des Loups Cendrées, et ses mots au sujet des partenaires me restent en tête.

– « *Tu gagnes un compagnon de vie, et tu ne seras plus jamais seule. N'est-ce pas ce que tu veux ?* »

J'avais répondu *non* avec arrogance, j'avais dit que je préférais plutôt rester libre. Mais à présent que je ne peux avoir ni Dušan ni Lucien, ma poitrine se brise de désespoir.

Je n'ai jamais rien connu d'autre que la forêt, et pourtant je me suis laissée aller à tenter une expérience que je ne pourrai jamais vraiment vivre. Et le retour en arrière est impossible. Je les ai abandonnés pendant l'attaque car c'était ma seule chance de mettre de la distance entre nous, d'assurer leur sécurité.

Le vent se lève autour de moi pendant que je pleure en silence. C'est entièrement ma faute... Je n'aurais jamais dû me laisser aller à tomber amoureuse des loups, parce qu'à présent je suis incapable de les chasser de mon cœur et de mon âme.

CHAPITRE 5

MEIRA

Il y a un vent frais ce soir qui tourbillonne autour de moi, et les feuillages bruissent furieusement. Je redresse le menton, m'essuie les yeux et me relève. Maman disait toujours : « *Le destin arrive, que tu te battes contre lui ou non.* »

Si ma louve prévoit de jaillir de moi demain et de me tuer, ça se produira de toute façon, et je ne peux pas passer ma vie à m'inquiéter. Alors j'expire, j'évacue le stress et l'énergie qui bouillonnent en moi, puis je ramasse mes prunes. Les tenant bien en main, je fonce dans la forêt. La lumière faiblissant rapidement, je scrute chaque arbre que je croise en quête d'un potentiel endroit où dormir.

La douleur me transperce les entrailles et s'empare de mon dos, si brutalement que je trébuche. Tout mon corps n'est que souffrance, mais je me sens toujours mieux après avoir dormi. J'atteins un grand chêne avec des dizaines de grosses branches qui partent en tous sens, et dont deux se croisent près du tronc. C'est parfait. La seule chose qui pourrait être encore meilleure serait d'avoir une couverture, mais j'ai déjà dormi dans de pires conditions.

Un cri perçant rompt le silence. Je sursaute et fais tomber une prune. Mon cœur battant la chamade, je me retourne et scrute la forêt. Quand le cri se reproduit, je distingue bien qu'il s'agit d'un cri de femme, et qu'il vient des profondeurs de la forêt derrière moi. Je repense à la jeune fille de la nuit dernière, et la bile me monte à la gorge.

Est-ce que c'est elle ?

Un troisième cri retentit. Je laisse tomber tous mes fruits et empoigne l'os pointu à ma ceinture.

– Merde, murmuré-je.

Malgré ce que j'ai fait pour la fille la nuit dernière, je ne suis pas une héroïne. Je me cache et je survis. C'est ce que j'ai fait toute ma vie.

J'ai fui. Je suis restée à l'écart, mais je ne peux plus faire ça. Quelque chose a changé en moi. Je suis déjà en train de courir à travers bois en direction des cris. Des rais de lumière faiblissants guident mes pas. Je coupe entre les arbres, saute par-dessus les buissons, ignorant à quoi m'attendre, mais il n'y a qu'une seule façon de le savoir.

Un autre cri retentit non loin, plus fort cette fois, ce qui signifie que je me rapproche. Les arbres se pressent autour de moi, et ce qui me sauve, c'est le bruissement des feuillages qui couvre le martèlement de mes pas dans les feuilles mortes.

Je cours toujours, mais je n'entends plus de cris ; un frisson me parcourt l'échine à l'idée que j'arrive trop tard. Que j'aurais dû courir plus vite, ou peut-être que je suis partie dans la mauvaise direction. Je hume l'air, mais tout ce que j'inspire, ce sont les odeurs du bois et de la terre. Mes sens n'ont jamais été aussi aiguisés que ceux des loups.

J'ai envie d'appeler ma louve, mais c'est idiot.

Soudain quelqu'un me frappe dans le dos à pleine vitesse, et je suis projetée en l'air.

C'est moi qui crie cette fois, choquée. Des pierres pointues m'écorchent les mains et les genoux, et je m'affale à plat sur le ventre, la figure dans la terre. Je me redresse, recrachant la terre qui crisse entre mes dents.

Une ombre noire plane sur moi, et ce mouvement soudain anéantit toute ma bravoure. Je lutte pour me relever, mais je n'arrive qu'à me mettre à genoux tandis que le loup s'approche, rôdant en silence, avec des intentions mortelles.

Ses yeux pâles se fixent sur moi, et des volutes de souffle chaud sortent de ses babines retroussées sur des dents acérées comme des rasoirs.

Noir comme la nuit, ce loup est énorme, avec une fourrure hirsute et emmêlée. La moitié de son oreille lui a été arrachée il y a bien longtemps, et est restée droite au cours de la cicatrisation, pas à plat contre sa tête comme l'autre. Les montagnes des Carpates sont sous la juridiction de Dušan, et pour que d'autres loups s'y installent, ils doivent d'abord le défier. Alors ce ne peut être qu'un métamorphe sauvage.

— Putain, laisse-moi tranquille, grogné-je d'une voix puissante.

Affronter un loup la peur au ventre ne peut que vous faire tuer plus vite. Mais ce dont j'ai vraiment besoin, c'est d'une diversion, parce que les monstres comme lui ne lâchent pas un repas gratuit ni une femelle à sauter juste à cause d'un caractère fort. Mes doigts restent serrés autour de l'arme que je tiens contre mon flanc, tandis qu'un frisson me parcourt les jambes.

J'entends un gémissement un peu plus loin sur ma droite.

La bête tourne la tête dans cette direction pendant une fraction de seconde. C'est tout ce qu'il me faut – une fraction de seconde.

Pleine d'une énergie folle, je bondis sur mes pieds et plonge sur la créature.

Je l'atteins au côté au moment où sa tête pivote vers moi et je plante ma lame acérée dans son dos, arrachant la chair, faisant jaillir le sang. Je ressors vite mon arme pour frapper de nouveau, l'adrénaline me poussant à continuer. À me battre sans jamais abandonner.

Mais tout arrive trop vite. Son grognement tonitruant emplit la nuit tandis qu'il pivote avant que je ne puisse le frapper de nouveau. Ses mâchoires énormes claquent près de moi. J'esquive sur le côté puis me jette par-dessus son corps, roule au sol, saute sur mes pieds et détale.

Tremblante, je cours grâce à l'adrénaline et la terreur, tenant toujours l'os ensanglanté. Je tourne rapidement la tête pour jeter un œil derrière. Le loup me pourchasse, ses yeux étrécis par la haine.

Je n'arrête pas de courir. J'ai la chair de poule, et je n'ai jamais bougé aussi vite.

Ses pattes frappent le sol, il grogne dans mon

dos. Cette fois je hurle. Coinçant mon arme à l'arrière de mon pantalon, je grimpe frénétiquement dans l'arbre le plus poche, agrippant la branche la plus basse. Je balance mes pieds en l'air, l'air que j'entends siffler sous moi sous la férocité de l'attaque de la bête – mais elle manque son coup.

Je grimpe comme un écureuil fou, écorchant mes mains après l'écorce, les branches m'entaillant les genoux, mais je ne peux m'arrêter sous peine de mort.

Soudain, la chair et le tissu se déchirent à l'arrière d'un de mes mollets. Je glapis et relâche ma prise sur l'arbre, agitant les bras et les jambes tandis que mon cœur fait des bonds dans ma poitrine. J'imagine le loup m'étripant sitôt atterrie, et je frissonne jusqu'aux os.

Boum.

Je heurte durement le sol, et mon dos encaisse le plus gros du choc ; mon hurlement me vrille les tympans.

Une ombre plane sur moi, et son grognement menaçant noie tous les autres bruits. La fureur s'échappe de lui par vagues. Mais je suis déjà en mouvement, je roule sur le côté, me mets à quatre pattes.

Des dents se referment sur ma jambe, tranchant encore plus ma chair.

Je hurle, le dos arqué, je pousse sur ma hanche, lui assène de l'autre pied un coup en pleine face. J'empoigne mon arme, la lève bien haut puis plante l'extrémité pointue de l'os dans son visage, en plein dans un œil. L'arme plonge avec un bruit spongieux. Je l'enfonce complètement, essayant d'atteindre sa foutue cervelle.

Il me lâche, vacille en arrière, convulse en secouant la tête comme un fou ; le sang gicle à flots. Les bruits qu'il produit sont horribles.

Je m'écarte et me cramponne à l'arbre pour me remettre debout.

Le loup est en train de se transformer, et en quelques secondes, il prend l'apparence d'un homme massif, effondré par terre.

Il a de courts cheveux bruns ébouriffés autour d'un visage carré, des cuisses épaisses et bien trop de poils sur tout le corps. Il hurle de douleur en tirant sur l'arme. Cette vision m'est insupportable et je préfère filer vers l'endroit d'où provenaient les cris de la fille.

Je tombe sur elle à plusieurs arbres de là : c'est bien la même jeune fille que la nuit dernière. Mon cœur saigne en voyant l'entaille sur son cou, sa lèvre éclatée, son haut arraché sur le devant, révélant sa petite poitrine. Elle a les mains attachées par une corde passée autour de l'arbre dans son dos. Tête basse, elle pleure de façon hystérique.

Elle tressaille quand je me précipite vers elle.

– Ce n'est que moi.

Les larmes ruissellent sur ses joues. Je m'empresse de la détacher, levant les yeux en permanence au cas où cet enfoiré reviendrait à la charge. J'ai les doigts qui tremblent en tirant sur les nœuds. J'arrive à les détacher en quelques secondes, puis je me jette sur la fille assise pour l'aider à se relever.

– Il faut qu'on coure. Rappelle-toi de ce que je t'ai dit la nuit dernière : vite et sans bruit. Répète-le sans cesse pendant qu'on se tire d'ici. Reste avec moi, ne t'enfuis pas cette fois.

Elle ne dit rien, se contente de serrer ses bras autour d'elle en hochant la tête.

Je lui prends le poignet et nous partons à travers bois ; je boite à cause de mon mollet. Il guérira rapidement. Mes oreilles sont à l'affût du moindre bruit, mes yeux balaient les alentours de gauche à droite. Je repère le loup sauvage au loin, gisant sur le flanc dans sa forme humaine, le corps tordu, la bouche ouverte. L'os dépasse toujours de son œil. Apparemment, j'ai quand même touché son cerveau. Putain d'enfoiré... Il l'a mérité, je ne me sens absolument pas coupable. Il n'est pas ma première victime, et si je veux survivre, il ne sera pas la dernière.

Quand nous nous arrêtons pour nous reposer, je n'ai aucune idée de la distance que nous avons parcourue. Nous sommes à bout de souffle, et c'est alors que je remarque qu'elle a du sang sur le menton et la poitrine, provenant de sa lèvre éclatée. Et mes mains sont rouges depuis l'attaque. Je sens qu'il en coule sur le côté de mon visage aussi, et je l'essuie rapidement d'un coup d'épaule.

J'entends une rivière gargouiller aux alentours, alors je prends la main de la fille.

– Il ne nous fera plus de mal. Mais il faut qu'on nettoie ce sang, avant que les infectés ne repèrent l'odeur. D'accord ?

Elle reste collée à moi cette fois, hochant la tête. Je la guide hors des bois, où les dernières lueurs du jour s'accrochent au monde.

Je scrute la petite clairière traversée par la rivière, ne repère personne alentour. Alors nous nous précipitons, et nous accroupissons sur la rive pour nous laver. Les bruits du courant emplissent mes oreilles tandis que je profite de l'eau fraîche sur ma peau. La couleur de l'eau est plus profonde et plus verte dans la lumière faiblissante. Je contemple mon reflet, mes cheveux sombres en bataille, et je constate qu'ils sont bien plus longs que dans mon souvenir. Ils m'arrivent bien en dessous de la poitrine maintenant. J'ai les joues et le front maculés de terre, mais je suis surprise de voir à quel point mes yeux couleur bronze semblent pâles. Des sourcils épais les couronnent, et quand je regarde au fond d'eux, tout ce que je vois, c'est ma louve qui m'observe. *Pourquoi ne veux-tu pas sortir ?*

Je jette un œil à la jeune fille en train de se laver.

– Je m'appelle Meira. Et toi ? demandé-je en frottant le sang sur mes mains.

Je m'assieds pour vérifier les dégâts sur ma jambe mordue. Je siffle en pelant le tissu noir déchiré collé par le sang. Je déteste l'idée que ce connard ait été si près de me tuer.

– Attends, laisse-moi faire, propose la fille. Je m'appelle Jae.

Elle écarte le tissu de mon legging sur mon genou, puis se met à rincer ma blessure avec de l'eau claire. Ça pique, et je me mords la lèvre pour supporter la douleur.

– Ça n'a pas l'air trop méchant. Je pense que tu devrais survivre.

Elle me sourit. Je l'apprécie déjà. Quiconque est capable de faire une blague après avoir failli se faire agresser sexuellement par un foutu taré est mon genre d'ami.

J'arrache une bande de tissu de mon pantalon. C'est un peu éprouvant car mes bras tremblent d'épuisement, mais il faut que je stoppe le saignement. Avec le tissu, je me fais un garrot au-dessus des marques de crocs sur le muscle de mon mollet, que je serre fort.

– Alors, Jae, comment as-tu survécu si longtemps toute seule ?

– Je ne suis pas seule, répond-elle rapidement d'une voix douce.

Elle ressemble à un tamia, un petit écureuil. C'est une comparaison étrange, mais c'est la première chose qui me vient à l'esprit. C'est peut-être à cause de ses mignonnes joues rondes et de son petit nez. Elle a plein de taches de rousseur sur le nez et les joues, et ses cheveux couleur bronze sont coupés très court. Elle est vraiment adorable.

– Est-ce que ta famille est dans les parages ? demandé-je.

– Mes sœurs me cherchent. Nous avons entendu parler d'un endroit au nord de la Roumanie, où il n'y a pas de morts-vivants.

– Mais il y aura des loups sauvages comme cet enfoiré dans les bois.

– Je sais. J'ai été séparée de mes sœurs, et ce sont elles qui ont mon couteau. Mais nous avons convenu d'un endroit où nous retrouver si jamais on se perdait, et je n'en suis pas très loin. Merci de m'avoir aidée.

– Tu veux que je t'y emmène ?

Mon esprit bouillonne à l'idée de rencontrer d'autres personnes comme moi. Oméga ou Beta, je ne sais pas à quelle catégorie appartient Jae, mais l'idée d'appartenir à mon propre petit groupe de femmes est excitante. Pas de conneries d'Alpha à gérer.

– Non, c'est bon, répond-elle d'un ton brusque, se tournant vers la rivière pour se laver les mains.

Je n'insiste pas. Je comprends que, dans ce monde, le moyen le plus facile de survivre, c'est de ne faire confiance à personne. Et même si j'ai la gorge serrée à cause de ce rejet, je détourne le regard vers les bois derrière nous, songeant qu'il nous faudra grimper dans un arbre avant la nuit tombée. Je ne suis pas idiote, je me doute bien qu'elle ne sera plus là quand je me réveillerai demain matin, mais je l'accepte. À sa place, je ferais la même chose.

Elle se débrouille seule, ce qui me rappelle que c'est bien qu'elle n'ait pas plus besoin de mon aide. Je suis un danger pour quiconque m'approche, et la dernière chose dont ses sœurs et elle ont besoin, c'est d'une bombe à retardement.

CHAPITRE 6

DUŠAN

*L*es vives senteurs des bois emplissent mes sens. Tous, depuis les pins jusqu'au sol, et même le cadavre de lapin en décomposition quelque part sur ma droite.

Je flaire l'air en quête de la douce odeur mielleuse de ma partenaire.

Mais je ne repère rien du tout, et j'ai le cœur de plus en plus serré.

Je prends vers la droite, réalisant que j'ai suivi une fausse piste depuis plusieurs heures. Nous avons quitté le camp juste à la tombée de la nuit et nous nous sommes séparés pour courir dans trois directions différentes. Sous notre apparence humaine, nous conservons les avantages de nos sens aiguisés de loups, donc nous utilisons notre flair pour repérer l'odeur de Meira dans la forêt obscure.

J'espère que cette nouvelle direction me permettra de croiser un chemin emprunté par Meira.

Putain, le temps passe beaucoup trop lentement quand on cherche et qu'on ne trouve pas un seul indice. À la forteresse, Mad est enfermé, et le chef de mes gardiens a pris le relais ; il va s'efforcer de mettre en place une routine au plus tôt. L'ordre aide les gens à retourner à leurs vies, et gérer un désastre.

J'ai annoncé à ma meute qu'ils étaient désormais en sûreté, et que je vais mettre en place des mesures de sécurité supplémentaires pour m'assurer qu'aucune brèche ne puisse jamais se reproduire. Ça passe par le fait de décider de ce que je dois faire de mon demi-frère. Je ne peux plus lui faire confiance. C'est l'erreur que j'ai commise auparavant, et il peut bien nier d'avoir laissé rentrer les morts-vivants, tout le désigne. Par sécurité, j'ai aussi enfermé Mihai et Caspian, qui ont tous deux géré le transport des femmes au X-Clan avec Mad. Pour le moment, je ne peux pas me permettre le luxe de les interroger pour connaître la vérité, alors il faudra que ça attende mon retour.

Je ne peux prendre aucun risque tant que je suis loin de la meute.

Trouver Meira est une priorité, tout le reste doit être mis en attente jusqu'à ce que je la retrouve. Je ne peux pas la perdre. Une peur lancinante me broie la poitrine à l'idée qu'il soit trop tard. Que j'aie attendu trop longtemps avant de débuter les recherches.

Un grognement de frustration s'échappe de ma poitrine. Mes bottes martèlent le sol à chacun de mes pas.

Il ne me faut pas longtemps avant de capter l'odeur pestilentielle de décomposition des morts-vivants, qui m'étouffe. J'ai la nausée mais j'avance en direction de l'odeur au lieu de m'en éloigner. Meira n'est pas idiote, elle sait qu'au milieu des morts-vivants, elle se protège des autres loups. J'opterais pour cette stratégie, moi aussi.

Mes oreilles sont attentives à tout, car je suis seul et me retrouver cerné par ces choses signerait ma perte. Mais pour Meira, je suis prêt à prendre tous les risques.

L'odeur de leur décomposition épaissit l'air, et je ralentis le rythme à présent, sans faire de bruit.

Je porte la main à ma ceinture pour en tirer un couteau dont je serre le manche.

Il y a du mouvement devant… je compte quatre ombres qui titubent dans les bois. J'ai une remontée de bile dans la gorge, mais je reste immobile. Il n'y a aucun autre bruit autour de moi, alors il n'y a qu'eux ?

Un grondement féroce fend l'air, profond et guttural, menaçant, inquiétant. Je relève le menton et renifle l'air, et l'odeur musquée de chien mouillé, typique de Lucien, me frappe. *Putain, ouais !*

Je bouge sans réfléchir, fonce entre les arbres, gardant un œil sur les morts-vivants. Écouter… écouter… écouter.

Des bruits de pas sur ma droite. Je pivote et plonge dans cette direction, me précipitant au-devant de ces morts-vivants dégoûtants. Quand on en voit quelques-uns, d'autres se cachent. Ces choses ont tendance à se déplacer en troupeau la plupart du temps.

Mon cœur bat la chamade tandis que je sprinte dans l'obscurité, percée par des rayons de lune. J'empoigne plus fort le couteau dans ma main.

Un autre grognement déchire le silence. Je fonce ; mon loup s'impatiente, exigeant d'être relâché pour mettre ces enfoirés en pièces. Pour couvrir la distance plus rapidement. Sauf qu'il faut d'abord que je sache à quoi j'ai affaire.

Un ombre s'écrase contre un arbre à quelques mètres de moi.

Je me fige, sans faire aucun bruit.

Des gémissements s'échappent de la créature ramassée au sol, mais elle commence déjà à se remettre sur pied.

Le cœur battant à tout rompre, je me jette sur elle, couteau brandi, et je plonge la lame droit dans un œil, l'enfonce jusqu'au cerveau – la façon la plus rapide d'éliminer ces choses.

La créature retombe, et j'arrache mon arme dans un bruit de succion. J'essuie le sang sur le tissu déchiré qui pend de son épaule, tout en scrutant les bois alentour.

Quatre morts-vivants encerclent à moitié Lucien, et d'autres approchent dans la forêt. Je me tends. Une seule erreur, un seul faux pas, et ils seront sur lui. Puis d'autres arriveront, suivis d'autres encore, et il sera trop tard pour s'enfuir.

J'émets un sifflement bas et bref pour attirer l'attention de Lucien. Le clair de lune scintille sur les deux couteaux qu'il tient dans ses mains.

Il éclate de rire.

— Tu en as mis du temps pour arriver jusqu'ici, me taquine-t-il. Tu deviens lent.

Mais j'entends le tremblement de sa voix. Se retrouver seul ici n'est jamais une bonne idée.

– Il y en a quatre autres qui arrivent, lui dis-je. Tu prends les deux sur ta droite. Je prends les deux autres.

Il hoche la tête.

– Il y en a un petit groupe juste sur ma droite. Ils seront bientôt là. Faut qu'on se casse d'ici, bordel.

Ensuite, nous fonçons tête baissée dans la bataille. C'est ce que nous avons toujours connu, et il n'y a aucune différence avec les centaines de fois précédentes. Sauf que la présence d'autres morts-vivants m'inquiète. Ils vont être attirés par les bruits – ils vont *foncer* droit sur nous.

Je balance un coup de pied derrière les jambes de l'une des créatures. Elle tombe et je me jette sur la seconde, lui coince mon bras autour du cou et la poignarde dans l'œil. Arrachant l'arme, je pivote et saute sur celle à genoux, plantant mon couteau dans sa nuque, vers le haut.

Quelqu'un s'écrase dans mon dos. Je suis projeté en avant et mon pouls s'emballe.

– Ggffff.

Le son est tout près de mon oreille, et des mains gelées tirent sur ma tête.

La panique m'étouffe. Je balance un coude vers l'arrière et rue en même temps. Le poids sur mon dos roule et je me débats, mais un autre s'écrase sur moi, et je titube comme si j'étais ivre, en essayant de me retourner.

Le gémissement profond retentit dans mon oreille, des doigts se plantent dans ma chair.

Mon loup affleure contre ma poitrine, mais je le retiens. Me transformer maintenant ferait de moi une cible facile, car je serais sans défense pendant le processus. Je balance une jambe en arrière, et mon talon heurte un os fragile, qui se brise sous l'impact.

Je me débarrasse du mort-vivant qui s'ac-crochait à moi et fais volte-face pour voir Lucien sauter sur l'un de ses attaquants et le poignarder au visage encore et encore, en proie à la fureur.

Deux autres m'agressent.

Je fais en courant le tour d'un arbre et attrape une poignée de cheveux de l'un des morts-vivants, qui me reste dans la main avec un peu de peau.

Créatures dégoûtantes.

Alors qu'il se tourne vers moi, les yeux enfon-cés, la peau tendue sur ses pommettes, je fracasse sa tête en décomposition contre le tronc de l'arbre. Trois fois, pour faire bonne mesure.

Il émet des gargouillis en tombant à genoux. Je pivote et frappe avec mon couteau. La lame tranche la gorge du dernier monstre. Mais pas complètement.

– Espèce de sale merde.

Je le frappe au ventre, et la créature s'affale ; je termine le boulot en quelques secondes.

Je rugis en me redressant, et je vois Lucien essuyer ses armes dans l'herbe.

– Bon sang, que je hais ces choses, grogne-t-il en rengainant ses couteaux dans les fourreaux de sa ceinture.

Des corps jonchent les bois autour de nous.

Des voix inintelligibles nous parviennent de la forêt du côté de Lucien et mon estomac se serre. Le petit groupe qu'il a mentionné est en mouvement.

D'un geste vif, je nettoie ma lame, et la range.

Il se glisse à mes côtés, et nous courons dans la direction opposée.

Sans dire un mot tout d'abord, jusqu'à ce que nous soyons suffisamment loin pour ne pas être entendus.

Nous sprintons à travers la forêt, mais les sons qui nous parviennent de derrière semblent devenir de plus en plus forts.

Je jette un œil par-dessus mon épaule : une nuée de morts-vivants s'élève derrière nous, là où nous avons laissé les corps. Il doit y avoir au moins une centaine de ces bâtards.

— Bon sang ! Lucien, tu as dit un *petit* groupe.

Il part d'un rire nerveux.

— Je ne voulais pas t'effrayer.

Je lui balance un regard noir puis je souris. Il a toujours minimisé le danger. C'est comme ça qu'il gère les emmerdes. Il se raconte, à lui, et aux autres aussi, que ce n'est pas si grave, et il ne panique pas face à un mur de ces maudits morts-vivants.

Je lui suis complètement opposé sur ce plan-là, j'ai besoin d'avoir toutes les informations.

Sa respiration devient saccadée quand il regarde derrière nous.

Nous continuons, sachant que si nous filons assez loin, ils ne pourront pas suivre notre odeur.

Je déglutis avec peine, priant pour qu'ils ne nous pistent pas.

Meira

*C*omme je m'y attendais, Jae n'est pas avec moi dans l'arbre quand je me réveille au matin. Je ne suis pas surprise qu'elle soit partie, mais j'espère vivement qu'elle est maline et qu'elle arrivera à retrouver ses sœurs. Un malaise s'installe dans mes tripes. Je m'inquiète qu'elle coure encore au-devant du danger, mais je ne peux pas passer mon temps à la chercher, quand je dois fuir moi-même.

Frotte mes bras pour me réchauffer, je jette un œil en bas, vers la forêt silencieuse. Mon estomac gronde, et tout ce à quoi je pense, c'est à ces prunes sucrées.

Je dégringole de l'arbre et récupère mes fruits, dont je me gave jusqu'à apaiser les crampes de la faim.

C'est une nouvelle journée lumineuse, alors mon plan est d'avancer le plus possible dans les Carpates. D'abord, je fais une halte rapide à la rivière pour me laver et me soulager. Pendant tout ce temps, ma nostalgie des Alphas me ravage comme une tempête.

Ce sentiment pour eux ne peut pas durer éternellement, si ? Si je mets assez de distance entre eux et moi, peut-être que le lien entre nous faiblira.

Je reste dans la forêt, j'évite le terrain découvert près de la rivière, mais je suis son tracé. Je ne sais plus depuis combien de temps je marché, mais j'ai mangé toutes les prunes que je transportais, et le soleil brille bien haut dans le ciel. Mes doigts sont collants comme du miel, alors je sors des bois et fonce vers l'eau pour me laver rapidement.

Quelque chose dans l'herbe à hauteur de genou attire mon attention un peu plus loin. C'est couché, immobile.

Mes jambes se figent, et pendant un instant je cesse de respirer, plissant les yeux pour mieux voir.

Un loup ? Sauf que ce n'est pas de cette manière que ces monstres chassent. Ils ont trop d'ego et de testostérone pour s'accroupir et se cacher. Ils chargent comme un taureau et prennent ce qu'ils veulent.

Les herbes hautes se balancent dans la brise. L'eau gargouille, et les branches derrière moi bruissent sous le vent. À part cela règne le silence.

C'est peut-être un animal mort. Mais mes pensées s'arrêtent sur Jae, et je me précipite.

J'examine la morte. Son corps tordu repose sur le dos. Mon regard ne détaille que son visage, parce que regarder son corps déchiqueté, les os nettoyés, me répugne.

Frénétiquement, j'observe les traits, le cœur battant à tout rompre. Les yeux morts fixent le ciel.

Ce n'est pas Jae.

Ce n'est pas elle.

Un sanglot s'étrangle dans ma gorge, parce que, pendant un moment, j'ai cru être tombée sur sa dépouille. Qui que ce soit, cette femme est morte depuis plusieurs jours, à en juger par la puanteur et l'écume qui s'échappe du coin de ses lèvres.

Je bats en retraite, mais la nausée m'envahit et je rends mon petit déjeuner. Peu importe le nombre de morts que j'ai vu, je ne pourrais jamais m'y habituer, et le chagrin pour cette personne, qui qu'elle ait été, me submerge en vagues puissantes.

À pas rapides, je quitte cet endroit, et retourne vers la sécurité des sous-bois ombragés. Je fonce, et ne m'arrête pas jusqu'à ce que l'épuisement me fasse mal à la poitrine. Puis je m'appuie contre un arbre pour reprendre mon souffle, mes pensées obsédées par cette pauvre fille. Et si c'était l'une des sœurs de Jae ?

Au fond de mon cœur, je sais que je ne peux

rien y faire. Malgré tout, le chagrin me pèse lourdement sur la poitrine.

J'entends un bruit au loin, et relève la tête.

Boum.

Mon cœur martèle ma cage thoracique. Il n'y a plus trace de la rivière, j'ignore dans quelle direction j'ai couru. Où suis-je ?

Je suis dans la forêt, me dis-je, *donc il y a beaucoup de bruits.* Sauf que dans ces bois se cachent des griffes et des dents, et que tout ce qui sort de l'ordinaire est un danger potentiel.

Un cri étouffé se fait entendre.

Visiblement, quelqu'un a des ennuis. Mes pensées se portent une nouvelle fois sur Jae, sur le cadavre que j'ai découvert, et sur les souvenirs de comment j'ai survécu aussi longtemps seule dans la forêt.

En restant seule, et en m'occupant de mes affaires.

J'aspire une goulée d'air frais, et un picotement bourdonne à la base de ma colonne vertébrale. Et c'est alors que je me dirige vers l'appel de détresse, pour enquêter. Peut-être que je ne veux plus être cette personne, celle qui se détourne quand les autres ont besoin d'aide.

La forêt par ici est plus dense, davantage

peuplée de bouleaux que de pins. L'odeur des bois n'est pas aussi forte, mais c'est aussi plus proche de là où je vis… du moins, c'est dans la bonne direction. Mais bien qu'il y ait cet avantage, je sais aussi que des loups sauvages ont élu domicile ici. Je n'ai jamais compris pourquoi, je me suis dit que ça a quelque chose à voir avec les branches basses, qui leur permettent de s'échapper facilement s'ils sont pourchassés par les morts-vivants.

Mon corps s'agite de plus en plus à mesure que je couvre du terrain, convaincue que c'est de là d'où venaient les bruits. Quelque part dans les parages… Je prends de courtes inspirations et ralentis, filant d'un arbre à l'autre.

Prudente, je progresse lentement, mais comme finalement je ne vois rien qui sorte de l'ordinaire, je commence à rebrousser chemin.

Un gémissement me parvient d'un peu plus loin devant moi. Je me glisse derrière un arbre et glisse un œil, étudiant les conifères et les arbustes. C'est alors qu'une parcelle du terrain attire mon attention un peu plus loin. Elle est plus plate et plus sombre que le reste.

Je comprends tout de suite de quoi il s'agit : c'est un piège des loups sauvages pour capturer des animaux ou des femelles. C'est comme ça que ces enfoirés capturent des femmes pour le rut.

Cette pensée me faire dresser les poils de la nuque. Ils sont dans les parages, mais quelque chose ou quelqu'un est tombé dans le piège.

Je bouge rapidement, sans trop réfléchir. Du bord du trou profond, je discerne quelqu'un tombé dedans, mais l'ombre m'empêche d'en voir plus. Ce n'est clairement pas un animal.

– Jae ?

Son nom m'échappe, et je me maudis de n'avoir pas réfléchi avant de parler à voix haute.

– Meira ! me répond une voix masculine.

Je me fige et fixe plus attentivement le trou ; Bardhyl en personne sort de l'ombre.

– Mais bon sang, qu'est-ce que tu fous ici ? m'écrié-je.

C'est vraiment très mauvais. Si un loup sauvage se pointe maintenant, il tuera cet Alpha.

– À ton avis, mon ange ? répond-il avec son accent scandinave.

Tout ce que je vois, ce sont ses yeux verts profonds qui me fixent. Il y a des crevasses au bord du trou, là où la terre s'est détachée quand il a tenté d'escalader pour sortir.

– Inutile de venir me chercher, tu sais. Dušan et Lucien sont dans le coin eux aussi ?

– Peu importe. Sois gentille, et fais-moi sortir !

J'entends la panique dans sa voix. Il sait tout aussi bien que moi qu'il est dans une situation critique.

J'acquiesce.

– Je reviens dans une seconde.

Je me retourne et scrute les environs en quête de quelque chose de long et de solide. Je repère un tronc d'arbre mort. Il n'est pas très large, mais il est sacrément long. Et Bardhyl a besoin de quelque chose de solide pour grimper.

Je cours vers le tronc et j'attrape l'extrémité la plus proche du trou. Les mains enserrant le tronc rugueux, je tire, mais il bouge à peine.

Merde, merde, merde.

Je n'arrive même pas à croire que Bardhyl soit ici… Comment est-il parvenu à me suivre avec autant de précision ? Est-ce que Dušan l'a envoyé me chercher pendant qu'il restait auprès de la meute ? Eh bien, si j'ai l'intention de garder mes distances avec la meute, c'est l'occasion pour moi de filer d'ici en vitesse.

Mais cette simple pensée me met au désespoir.

Putain. Mon propre corps me trahit. Bon, d'accord. Je vais le faire sortir, et ensuite je filerai d'ici.

Prenant une grande inspiration, je ramasse le tronc et le soulève à nouveau. Il bouge, et je le traîne en arrière, le tirant avec moi.

Si je me brise le dos en transportant ce tronc, Bardhyl aura une dette éternelle envers moi.

Mon cœur bat la chamade à chaque fois que je repense à ses yeux verts et ces cheveux blondblanc qui enveloppent ses larges épaules.

Je déteste l'admettre, mais le voir a réveillé quelque chose en moi. Des papillons, surtout. Ces choses encombrantes volent en tous sens dans mon ventre.

Agrippée au tronc, je le fais avancer par saccades sur le sol, petit à petit, jusqu'au trou ; là, je le lâche pour tenter de reprendre mon souffle. La sueur dégouline le long de dos. Je jette un regard à Bardhyl.

– Comment ça va, bébé ? demande-t-il.

– Je ne sais même pas pour quelle raison je t'aide, étant donné que la dernière fois que je t'ai vu, tu m'as malmenée. Et ensuite tu m'as jetée dans la maison de quelqu'un.

Il me rit au nez, et autant il m'exaspère, autant

c'est le son le plus délicieux que j'aie jamais entendu (que les Dieux aient pitié de moi).

– Je te donnerai tout ce que tu veux quand je sortirai. Mais arrête de perdre du temps.

Je soupire et reviens au tronc qui me fait trembler les muscles. Je gagne l'autre extrémité du tronc mort, qui fait près de six mètres, et essaie de trouver comment faire.

Je me penche, le soulève et le pousse en avant. Lentement, le bois passe par-dessus le bord du trou. Je pousse, donnant tout ce que je peux, et soulève peu à peu mon extrémité pour que la base pénètre dans le trou. Il glisse en avant, et soudain la base heurte la paroi et reste en place, coincée.

– Merde ! (J'accours au bord du trou, le souffle court.) Tu peux sauter pour l'attraper ?

Il arque un sourcil, comme si je lui avais demandé de sauter sur la lune.

– Est-ce que tu as pris le tronc le plus long de la forêt ?

– Pardon ? J'essaie, au moins, soupiré-je en me détournant.

J'enroule un bras autour du tronc à mi-hauteur et le soulève un peu vers l'arrière, puis utilise la moindre force qui me reste pour soulever mon extrémité plus haut.

La sueur me dégouline sur le visage, et l'épuise-ment se love dans ma poitrine. Je ne sais pas combien de temps je vais pouvoir faire ça avant de m'évanouir.

Une silhouette floue débarque sur ma gauche.

Elle se heurte à moi, me soulevant du sol, et je lâche le tronc.

Je hurle. Mon dos retombe si lourdement sur le sol que j'en ai le souffle coupé.

La panique me submerge et l'adrénaline s'em-pare de moi, tandis qu'une forme musclée me chevauche.

Une main charnue s'abat sur ma joue. Je vois des étoiles et la douleur explose ; je crie en continu.

Je balance des coups de poing et tente de repousser le loup métamorphe sauvage, qui m'ar-rache mes vêtements.

Il grogne, et une odeur pestilentielle de loup, et de terre me frappe de plein fouet. Je le roue de coups de poing, sans jamais m'arrêter. Mais cela ne semble faire aucune différence pour cet homme taillé comme un roc.

Il n'est pas très massif mais il est sacrément fort, il me terrifie.

– Femme, me grogne-t-il, comme s'il avait

oublié comment parler, parce qu'il est devenu l'animal qu'il est censé être.

Courageuse, je le griffe au visage, écorchant sa peau, le faisant saigner. Il me frappe de nouveau en pleine figure, mais je ne m'arrêterai pas. Je ne me laisserai plus jamais faire.

Je tapote le sol autour de moi.

Ma main se referme sur une branche. Je m'en saisis et la lui balance en plein visage, visant ses yeux.

Cet abruti couine comme un putois et recule, les mains sur la figure. Je le repousse et profite de cet infime instant pour me dérober de sous lui.

Je recule précipitamment sur les mains et les genoux.

Une main puissante me saisit la cheville et me tire en arrière. Un pied s'écrase sur mes fesses, m'aplatissant sur le ventre.

Je hurle et me débats pour m'en sortir.

Il tire sur mon pantalon pour le descendre sur mes fesses.

Mes cris terrifiés m'étranglent. J'attrape la première pierre que je trouve à proximité, puis me retourne juste au moment où son poids ne pèse plus sur moi.

Je roule prestement sur le dos puis recule, ma

main tenant fermement la pierre. Je tremble comme une feuille, et mon cœur crépite comme une mitraillette.

Devant moi se tient Bardhyl, aussi grand et large qu'un ours. Dominant le loup sauvage, il bourre de coups de poing la tête du type, faisant gicler le sang à chaque coup mortel.

Le visage de mon héros est déformé par la fureur quand il empoigne le cou du métamorphe, enfonçant les doigts dans sa gorge.

Le loup sauvage a un regard terrifié.

Bardhyl lui arrache la gorge, qu'il garde dans sa main.

Il y a du sang et des tendons partout.

Mon estomac se révulse.

L'homme tombe au sol, gargouillant, saignant à mort, et meurt rapidement.

Bardhyl jette sa gorge au loin, et crache avant de s'essuyer la bouche avec la manche de son manteau. Il a d'autres taches sur les joues, et quand il me regarde, la dureté de ses traits s'atténue.

– Est-ce que tu es blessée ?

Il se penche et saisit mon bras pour me remettre debout. Mes mains se tendent par réflexe vers les muscles durs de sa poitrine. Il me scrute de la tête aux pieds, à la recherche de blessures, je suppose.

– Ce que tu viens de faire, c'était…

Je déglutis avec difficulté.

– Cette merde méritait mille fois pire pour t'avoir touchée.

– C'était incroyable.

Quelque chose d'aussi perturbant ne devrait pas me paraître aussi exaltant. Mais ce loup Viking m'a sauvée, et le regarder détruire ce monstre m'a fait battre le cœur plus vite. Il a fait ça pour *moi*. Je devrais me détester d'apprécier un tel spectacle, mais ce n'est pas le cas. Mon corps vibre quand je le regarde, et c'est très exaltant de savoir qu'un homme aussi puissant me protège.

Je jette un œil dans le trou d'où sort le tronc.

Bardhyl glisse son bras dans mon dos, et me serre contre lui.

– Il faut que nous partions maintenant, il y en a d'autres qui arrivent.

Hâtivement, nous laissons derrière nous le chaos, et ce n'est que quand l'adrénaline commence à retomber que je ressens les douleurs, et la peur, en réalisant avec une clarté étonnante que j'ai failli être violée. Je repousse cette idée bien loin, parce que je ne peux pas laisser ces émotions m'atteindre. Je m'en suis sortie, c'est tout ce qui compte.

Quand je regarde Bardhyl, mon cœur me supplie de retourner avec lui chez les Loups Cendrés.

Sauf que mon esprit sait que si je les rejoins, je leur apporterai la mort. Y retourner n'est pas une option.

CHAPITRE 7

BARDHYL

on loup s'est toujours senti connecté à Meira, dès notre première rencontre à la maison commune de la meute. Je l'avais surprise en train d'essayer de s'échapper ; elle m'a résisté dès le début. Bon sang, ça m'a tout de suite attiré vers elle. C'est une survivante, elle l'a été toute sa vie, ce qui signifie que c'est une tête brûlée, qu'elle ne recule pas. C'est la seule façon d'exister seul dans ce monde.

J'ai grandi en me battant pour voir arriver une nouvelle aube, alors je la comprends. Ma meute au Danemark a été massacrée par une meute voisine. Je n'ai survécu que parce que ce matin-là, j'étais parti chasser. Quand j'ai découvert le massacre, je me suis perdu.

Je me passe une main dans les cheveux et mes doigts frôlent la cicatrice sur mon oreille, vestige de la bataille qui s'est ensuivie.

La vengeance transforme le guerrier le plus endurci en Berserker[1]. Pendant des semaines, des mois, j'ai pourchassé les Alphas responsables, sans me préoccuper de ma propre vie. J'ai vu rouge, la fureur m'a consumé, jusqu'à ce que je les attrape.

Je pousse un gros soupir à ce souvenir. Seul Dušan connaît la vérité sur ce qui s'est passé, sur le massacre que j'ai laissé sur mon passage. Il a vu le véritable monstre qui vit en moi. Il était venu parler à ces Alphas après qu'ils l'avaient trahi, et ils s'étaient retournés contre lui.

Oui, j'aime à croire que mon intervention l'a sauvé, mais, à la vérité, j'ai perdu tout contrôle et j'ai littéralement massacré tous les Alphas de cette meute. Dušan m'a sauvé avant que je ne fasse quelque chose de pire, dont je n'aurais jamais pu me remettre.

Mon estomac se contracte, parce qu'après tout ce temps, j'aime à penser que je ne suis plus cette personne.

Merde, je déteste me rappeler ces moments. Je me hais pour ce que j'étais à cette époque.

Meira se serre contre moi et me distrait. Cette

petite Oméga a soulevé beaucoup de poussière dans son sillage depuis qu'elle est arrivée au camp.

La plupart des Omégas que j'ai rencontrées sont passives, et à cet instant, Meira se comporte plus comme elles qu'à l'ordinaire. Une Oméga typique accepte son rôle de partenaire d'un Alpha, l'union leur apporte énormément de plaisir à tous les deux, mais en plus elle soulage les douleurs croissantes qu'une Oméga subit si elle n'a pas son content d'Alpha. Littéralement.

Mais cette petite allumeuse me tient complètement, me fait ressentir tellement plus que je n'ai jamais ressenti avec aucune autre Oméga auparavant. J'en ai rencontré beaucoup, les ai sautées, mais rencontrer cette perfection n'était pas mon destin.

Maintenant, quand je regarde Meira accrochée à mon bras, un monstrueux instinct protecteur me submerge. Je traverserais les enfers pour la garder en sécurité.

Sauf qu'elle est prise… En fait, réservée par mon véritable Alpha, Dušan, ainsi que par Lucien. Bien que cette petite femme soit un mystère compliqué, car elle ne s'est pas encore transformée en louve. Ce qui veut dire que l'union avec ses partenaires n'est pas complète. Ce qui fait que son corps sécrète toujours une phéromone qui incite les mâles à la revendiquer et tenter leur chance, au cas où elle serait leur compagne.

D'après ce que je ressens au fond de moi, je crains que mon cœur n'attende quelque chose qui n'arrivera jamais.

Je ne suis pas son partenaire. C'est impossible, et ce que je ressens n'est que le résultat de ses phéromones incontrôlables.

– Tu es sûre que tu vas bien ? lui demandé-je, car elle ne m'a pas insulté depuis un petit bout de temps.

Elle hoche la tête et s'essuie rapidement les yeux.

– Je ne te quitterai plus des yeux, ajouté-je. Je te promets d'assurer ta sécurité, mais tu feras ce que je te dis, et tu ne t'enfuiras pas, compris ?

– Sais-tu où se trouve la rivière ?

Elle m'ignore, et me regarde de ses grands yeux couleur bronze, qui me rappellent un coucher de soleil roussâtre. Elle a des traits délicats et pourtant son regard est toujours flamboyant. Même à cet instant, il brille intensément.

– Elle n'est pas loin. Je vais t'y emmener. C'est sur le chemin du retour.

Je la sens se raidir à mes côtés, mais je n'en dis pas plus. Elle est magnifique, dans tous les sens du terme. Elle ne m'appartient pas, peu importe le désir de plus en plus intense que je ressens à son égard. Mais bien que deux Alphas l'aient déjà marquée, elle est prête à s'enfuir de nouveau. Je le vois à son regard fuyant, je le sens à son pouls qui s'accélère.

Elle est sauvage, et n'a aucune idée de ce que signifie être une Oméga.

– On ne t'a jamais appris les rôles des loups dans les meutes ? demandé-je, y gagnant un regard de travers.

– J'en sais suffisamment, remarque-t-elle. Les Alphas sont au sommet de la chaîne alimentaire et les Omégas sont censées leur être soumises. Est-ce que j'ai bon ?

Je ris de sa fougue.

– Une fois qu'un Alpha a rencontré sa partenaire Oméga, il ferait n'importe quoi pour elle, combattre une armée, lui ramener les baies les plus rares de la région la plus hostile, si elle le lui demandait. Ne le vois-tu donc pas ? Les Omégas, ce sont elles qui contrôlent les Alphas.

Elle ne répond pas, mais la surprise que je vois dans ses yeux en dit long. J'espère que cela l'aidera à comprendre à quel point son appartenance à une meute est primordiale.

Nous marchons en silence, et je garde mon attention et mes sens rivés sur la forêt qui nous entoure. Le danger est partout, il faut que je la sorte d'ici.

Elle finit par rompre le silence.

– Est-ce qu'ils t'ont envoyé seul pour me trouver ?

– Dušan et Lucien te cherchent aussi. J'ai repéré ton odeur un peu plus tôt et je t'ai suivie, jusqu'à ce que je tombe dans ce maudit piège. J'aurais dû le voir venir mais je fuyais un groupe de morts-vivants, je ne faisais pas attention.

– Je ne peux pas y retourner avec toi, explique-t-elle simplement, comme si je n'avais pas mon mot à dire sur le sujet.

Elle me donne envie de rire, tant elle est adorable de croire qu'elle a une chance de m'échapper maintenant que je l'ai trouvée.

– Et je n'arrêterai pas de te traquer.

Elle me jette un regard menaçant. Effrontée, elle s'écarte de moi. Nous progressons rapidement à travers l'épaisse forêt, par-dessus des buissons, sous des branchages. De temps à autre, je biaise un regard à Meira qui semble à des kilomètres, perdue dans ses pensées.

– Pourquoi t'es-tu enfuie ? demandé-je.

Il y a tellement de choses que je voudrais lui dire, mais je ne vais pas lui parler de sa maladie pendant que nous courons à travers bois.

– Je suis sûre que tu sais pourquoi, sinon tu ne serais pas là. Dušan a dû tout te raconter.

– S'enfuir n'est pas la bonne solution.

– Ça l'est à mes yeux. Et tu as perdu ton temps. J'apprécie ton aide. Je te suis très redevable, mais je n'y retournerai pas.

Je n'insiste pas, car je soupçonne qu'elle changera d'avis une fois qu'elle sera en compagnie de Dušan et Lucien. Quand une Oméga a reçu la marque d'un Alpha, la connexion entre eux est indestructible. Même si la celle-ci n'est pas encore tout à fait complète, l'attrait de leur accouplement initial a fusionné leurs destins.

La rivière gargouillante apparaît au-delà de la limite des arbres, et la voir me réchauffe le cœur. En la suivant, elle nous mènera directement à l'enceinte des Loups Cendrés.

Que ne donnerais-je pas pour être de retour à la maison, profiter d'un repas copieux puis d'une petite coquine dans mon lit. Je jette un œil à

Meira qui marche à mes côtés. Elle est menue, mais elle a toutes les courbes dont un homme peut rêver. Cette femme est belle à se damner, et l'idée d'être enfermé dans ma chambre avec elle fait tressaillir ma hampe. Plus je la regarde, moins je peux empêcher mon esprit de s'égarer là où il ne devrait pas. Entendre ses cris quand je la ferai jouir, sentir son corps bouger et frémir sous moi…

Merde, ces pensées ne m'aideront pas à garder mes distances. Je me suis bien débrouillé seul jusqu'ici, je n'ai pas envie des complications qu'entraîne la responsabilité d'une Oméga. En plus, elle est déjà prise.

Nous approchons de la rivière en silence. Une fois arrivés, je scrute les alentours à la recherche de morts-vivants, puis lève le nez pour humer l'air. Nous sommes seuls. Le soleil est au zénith, ce qui signifie que nous avons besoin de chaleur et de nourriture, car nous n'arriverons pas à l'enceinte de la meute ce soir.

J'ôte mes bottes et mon t-shirt taché de terre et de sang. Quand je tire sur ma ceinture, Meira s'éclaircit la gorge.

— Qu'est-ce que tu fais ? me demande-t-elle, haussant les sourcils.

Je la regarde avec un sourire rayonnant à l'idée de l'embarrasser.

– Nous allons nous laver tous les deux, ainsi que nos vêtements. Il faut enlever l'odeur du sang sur nos corps. Ensuite nous nous assiérons au soleil pour sécher un peu.

– Alors garde tes vêtements, rétorque-t-elle, les mains sur les hanches.

J'adore son agressivité. Elle titille mon loup, qui a envie de la briser, de la dominer.

– Et où serait le plaisir dans tout ça ? dis-je.

Le léger hoquet dans son souffle me fait sourire, quand je baisse mon pantalon et m'en extrais. Je suis nu. Les joues de Meira rougissent, et malgré sa froideur, ses yeux plongent vers ma hampe, à moitié en érection. À en juger par sa bouche bée, elle est impressionnée.

Je ris de son incapacité à se retenir.

– À ton tour, mon chou.

Elle ricane et lève les yeux au ciel en reculant.

– Dans tes rêves.

Je ne suis pas du genre à céder, alors je réduis la distance entre nous, j'envahis son espace personnel. Elle fronce les sourcils et tente de reculer encore, mais j'attrape son bras avant qu'elle ne m'échappe.

– On peut faire ça de deux façons. Soit tu te déshabilles, soit je te déshabille.

– Lâche-moi. Je vais me laver avec mes vêtements.

– Ce n'est pas une option. Tu ne te laveras pas correctement, et tu mettras plus de temps à sécher.

Je tends la main vers son haut, mais elle me l'écarte d'une tape.

Le feu s'embrase dans ma poitrine, et je lui saisis le menton, l'obligeant à me faire face. Je n'ai pas l'habitude qu'une Oméga se rebiffe, et cette louve ne fait que me pousser à bout.

– As-tu pris ta décision ? dis-je, dents serrées, en me penchant plus près d'elle.

– Je vais le faire moi-même, siffle-t-elle.

Je la relâche.

– Bien.

Elle fulmine, je vois bien à son expression qu'elle est furieuse, mais elle n'ajoute pas un mot, et commence à se déshabiller.

Je regarde droit devant moi pour lui laisser un peu d'intimité, mais elle reste dans ma vision périphérique. Après quoi elle déambule juste devant moi, nue comme un nouveau-né, et je peux contempler son cul parfait, qui remue à chaque pas d'une manière qui me fait durcir la queue.

Elle entre dans l'eau et me regarde par-dessus son épaule, ses délicieuses lèvres boudeuses entrouvertes sur un sourire.

– Tu es content maintenant ?

Mes lèvres s'étirent en un demi-sourire.

– J'ai bien d'autres idées en tête, qui me rendraient plus heureux encore.

Meira prend une profonde inspiration, et se jette à l'eau. Mon regard s'attarde sur sa petite taille et à la courbe de ses fesses, et je suis obnubilé par l'idée de ses jambes musclées enroulées autour de moi. L'eau remue doucement, clapote contre ses hanches tandis qu'elle continue d'avancer.

Je la rejoins – l'eau est méchamment glaciale. *Putain de merde.*

Elle se tourne vers moi en s'enfonçant dans l'eau qui lui arrive maintenant au cou, et les globes bronze pâle de ses yeux m'étudient attentivement. Alors j'avance, même si j'ai l'impression que je vais m'évanouir d'hypothermie. Mes testicules vont se réduire à des cacahouètes.

– Tu as du mal ? se moque-t-elle, me défiant du regard.

Défi accepté.

Je plonge directement, et je me fous d'avoir l'impression de m'écraser dans un bac de glace. Je glisse sous la surface dans l'eau trouble, mais je repère ses jambes droit devant. Je jaillis hors de l'eau à quelques centimètres d'elle.

Elle recule, éclaboussant comme un poisson qui étouffe, et perd pied.

Je ne peux m'empêcher de rire quand elle refait surface. Elle est furieuse, mais tout ce sur quoi j'arrive à me concentrer, ce sont ces jolis petits seins surmontés de cerises rouge profond, dressées et dures. Mon sang s'accumule vers le bas, et je commence à penser que ce n'était peut-être pas une si bonne idée, après tout.

Elle se couvre vite de ses mains.

– Tu devrais peut-être te concentrer sur ta toilette, me dit-elle. Et tu pourrais aussi te rendre utile en allant chercher nos vêtements pour qu'on les lave.

Oh, elle est très douée pour éprouver ma patience. Malgré tout je n'ai qu'une envie, enfouir mon visage entre ses cuisses. Alors je me retourne et lave mon corps et mon visage de tout le sang et de toutes les odeurs possibles. Puis je vais récupérer nos vêtements. Elle m'arrache les siens des mains et je secoue la tête, parce que Dušan et Lucien auront fort à faire avec cette Oméga.

Maintenant, il faut juste que je m'abstienne de la toucher avant de faire une terrible erreur.

Meira

*B*ardhyl est terriblement dominateur, tout comme Dušan et Lucien, c'est pourquoi nous sommes tous deux nus dans la rivière. Je vois mon erreur maintenant… jamais je n'aurais dû le sortir de cette fosse. Maintenant, il a constamment l'œil sur moi, ça va être terriblement difficile de m'échapper. Je ne suis pas dupe de la façon dont il étudie mon corps, et je vois bien comme sa large hampe durcit. Sérieux, ces trois loups ont assez de munitions pour imprégner toutes les femelles de ce pays. Mais je ne peux ignorer le désir qu'il éveille en moi.

Je m'éclabousse le visage, et fais courir mes doigts dans mes cheveux mouillés. Bardhyl ne s'éloigne pas assez de moi pour calmer mon pouls rugissant. Je déglutis avec difficulté, j'ai soudain la gorge sèche en sa compagnie.

Une brindille craque derrière moi. J'ai une

poussée d'adrénaline, et je sursaute, me pressant stupidement contre lui. Son membre se loge tout contre mon bas ventre, et maintenant je rougis de façon ridicule.

En riant, il passe sa large main dans mon dos, me ramenant encore plus contre lui.

– Ce n'est qu'un lapin, petit oiseau.

Je tourne la tête et entrevois la petite boule de poils marron qui bondit dans les bois.

Bardhyl glisse un doigt sous mon menton pour que je le regarde, tandis que sa main reste posée en éventail sur le bas de mon dos, me pressant tout contre lui. Son pouce caresse tendrement mon dos, envoyant des frissons d'excitation le long de ma colonne. Je sens son érection se dresser entre nous.

– Tu n'as pas à avoir peur.

Je plonge dans ses grands iris vert foncé. Je suis peut-être encore secouée, mais je suis furieuse après moi-même d'être si nerveuse. C'est parce que Bardhyl me distrait que je me sens si mal. J'ai survécu tout ce temps parce que je repère tout autour de moi. Mais d'un autre côté, je ne m'étais jamais retrouvée avec un homme délicieux qui me fait palpiter de chaleur à chaque fois qu'il me regarde. Il faut que je me ressaisisse, et que je ne pense surtout pas à ce que ça me ferait de l'embrasser, grimper sur lui ou…

C'est peut-être normal d'être attirée par ces Alphas, étant donné que ma louve ne veut pas venir jouer, ce qui fait que mes hormones se déchaînent. Mais ce que j'ai remarqué, c'est que depuis que j'ai trouvé Bardhyl et que je suis avec lui, je n'ai pas ressenti ce manque atroce des autres Alphas, ni même la douleur de ma propre maladie.

J'inspire et m'écarte de son emprise dans une gerbe d'eau, même si mon corps tremble d'envie de m'abandonner au désir qui envahit mes veines.

Mais je ne me laisserai pas retomber dans le piège. Je souffre déjà du manque des deux autres Alphas, alors à quoi je pense ? En ajouter un troisième à mon palmarès ? *Merveilleuse idée, Meira.* Et pourquoi pas me constituer un harem, pendant que j'y suis ?

— Meira, prononce-t-il en me gratifiant d'un sourire sexy.

— Oui ?

J'attends qu'il parle, n'ayant aucune idée ce qu'il va dire, mais je ne peux qu'imaginer que ce sera quelque chose qui va m'embarrasser.

— Si tu es curieuse, tu peux toucher…

— Tu te moques de moi ? rétorqué-je.

– Ne sois pas timide, mon cœur. La plupart des femmes qui me rencontrent en ont envie, et comme nous sommes nus tous les deux, je t'en donne la permission.

Je reste bouche bée devant tant d'arrogance et de franchise. Personne ne m'a jamais parlé comme le font ces Alphas – surtout parce que je n'ai pas grandi parmi eux. Ils sont terriblement arrogants et me font des propositions en permanence. Et mon corps me trahit, bien entendu, s'embrasant d'un feu ardent au moindre contact.

J'arque un sourcil, durcissant mon expression.

– Je suis sûre que tu es très doué pour toucher ta propre queue.

Il éclate de rire, la main sur le ventre, comme s'il baignait dans l'allégresse.

Mais qu'est-ce qui ne va pas chez lui ?

– Je savais que tu ne pouvais pas t'empêcher de penser à ma queue. J'étais en train de te parler de toucher mes muscles.

Il sourit sournoisement, en gonflant ses biceps.

– Mais bien sûr.

Je l'éclabousse, trempant son visage et sa poitrine, mais il continue de rire de sa blague stupide. Sérieusement, j'aurais dû me douter que c'était le blagueur des Alphas. Comme il ne cesse de rire, je change de sujet.

– Est-ce qu'il y a des Vikings dans tes ancêtres ? demandé-je en contemplant cette armoire à glace qui se frotte le visage.

L'eau lui arrive à la taille, et il fléchit ses énormes biceps. Sa poitrine est facilement deux fois plus large que la mienne, et il a des poils clairs sur des pectoraux puissants. Son ventre est encore plus musclé. Avec ses cheveux blond cendré qui tombent sur ses épaules et ses hautes pommettes anguleuses, il a clairement l'étiquette *Viking*.

– On dit que mes ancêtres étaient des Vikings, oui.

Il baisse les yeux sur moi, attendant de savoir pourquoi je pose la question.

– Je suis curieuse au sujet de ton loup, commencé-je. Il y a des histoires au sujet des Berserkers, de farouches guerriers connus pour aller au combat avec une rage aveugle, hurlant comme des bêtes sauvages, leurs armes entre les dents.

– Et tu penses que je perds le contrôle quand je prends ma forme de loup ?

Je hausse les épaules.

– Est-ce que tu ressens parfois cet appel du

passé ? Maman m'a dit une fois que le loup qui se forme en nous est une création de notre lignée.

— C'était une femme intelligente, et elle avait raison. Si mon père vivait toujours, il te dirait que les Berserkers survivent farouchement dans notre lignée.

Il éclate de rire, comme s'il se rappelait une anecdote au sujet de son père.

Je ne peux m'empêcher de songer qu'il a dit que ma mère était intelligente. D'après ce que j'ai vu, la plupart des mâles considèrent les femmes comme des propriétés, des choses à revendiquer. Alors qu'il dise ça me donne envie d'en savoir plus sur qui il est vraiment.

— Mon père n'avait confiance qu'en ceux de sa meute, c'est pourquoi il n'a conservé qu'une petite tribu. Mais parfois, la confiance ne suffit pas à te sauver de la mort, quand l'ennemi est plus fort que toi. C'est une des raisons pour lesquelles j'ai rejoint Dušan. Il croit en la construction d'une grande communauté de loups, pour nous rendre tous plus forts.

Il me sourit, comme si même ses paroles tristes au sujet de son père ne pouvaient lui saper le moral.

— Je suis désolée que tu aies perdu ton père.

Il hausse les épaules.

– Quand tu vis dans un monde brisé, ce genre de merde arrive.

– S'il y a une chose que tous les survivants de ce monde ont en commun, c'est que nous avons tous été témoins des morts de nos proches. Et ça reste ancré en nous.

Il se détourne brusquement de moi et sort de la rivière.

– Il est temps de sortir, ordonne-t-il, n'appréciant visiblement pas le tour que prend notre conversation. Avant de finir fripée comme un pruneau.

Après avoir essoré l'eau de ses vêtements, il s'agenouille dans les herbes hautes près de plusieurs gros rochers, où il les étale pour les faire sécher au soleil.

Toujours cramponnée à mes propres vêtements, je sors de l'eau, les tenant contre moi comme un bouclier, pas très à l'aise de me promener nue devant ce loup bien bâti.

Tous les loups insistent sur le fait qu'il est normal de se balader dans le plus simple appareil, mais ça ne me convient pas du tout. Je suis la femme qui ne s'est jamais transformée, alors la nudité ne m'est pas vraiment naturelle.

Les yeux de Bardhyl sont rivés sur moi. Toujours sur moi. J'avance en traînant les pieds, et me dépêche d'étendre mes vêtements sur le roc chaud pour qu'ils sèchent, puis je m'asseye plus vite que je ne l'ai jamais fait de ma vie. Mon cœur bat à tout rompre, et c'est dû en grande partie à l'attirance que je ressens pour ce loup.

Il gonfle de nouveau ses biceps.

Je ne peux m'empêcher de me moquer de lui.

– Est-ce qu'il y a vraiment des femmes qui demandent à toucher tes muscles ?

– Ça te surprend ?

– Ce n'est pas le genre de chose que je ferais.

– Ouais, mais tu n'es pas non plus une louve métamorphe typique, mon chou. Tu as grandi seule ici.

Je l'observe attentivement.

– Je ne sais pas si je dois le prendre comme un compliment ou une insulte.

– Ni l'un ni l'autre, confesse-t-il d'un ton rude. C'est un fait.

Je serre plus fort mes genoux contre ma poitrine. Les hautes herbes ondulent autour de nous. Le soleil me réchauffe les épaules pendant que je soutiens son regard.

Il s'éclaircit la gorge.

– Sur une échelle de un à dix, à quel point ce serait grave si je…

– Cinquante, réponds-je en lui souriant, parce que s'il parle de quelque chose de grave, je soupçonne que ça risque d'être affreusement grave.

Il fronce un sourcil.

– Je n'ai pas fini.

– Ce n'est pas la peine. J'ai comme l'impression que ça impliquait de faire quelque chose que je ne voulais pas.

J'ai des frissons dans le ventre à cause des idées qui me trottent en tête. Malgré moi, j'ai envie de savoir exactement ce qu'il allait me proposer.

Il m'étudie attentivement, retroussant les lèvres en un sourire malicieux. Ouaip, quoi qu'il ait eu en tête, c'était cochon.

– Est-ce que tu cesses parfois d'être aussi sérieuse, et profites simplement de la compagnie de quelqu'un ?

Sa question me prend au dépourvu, parce qu'il ne m'était jamais venu à l'idée que je donnais une telle impression. Mais quand il me regarde avec son sourcil arqué, je ne peux m'empêcher de répliquer :

– Et toi, tu ne cesses jamais de plaisanter ?

Son expression se durcit.

– Ma douce, tu ne m'aimerais sûrement pas si tu voyais qui je suis vraiment.

---

1. Note de la traductrice : Selon les légendes nordiques, les Berserkers vikings symbolisaient une rage et une soif de sang incontrôlables, des guerriers féroces qui auraient combattu dans une fureur de transe.

CHAPITRE 8

MEIRA

*A*imer ! Est-ce que Bardhyl vient vraiment de parler d'amour ?

Bien sûr, c'est une façon de parler, et il ne parle pas réellement d'amour, mais ce mot me hante. Peut-être parce que la seule personne à me l'avoir jamais dit, c'était maman. Je n'ai même jamais été assez proche de quelqu'un pour ne serait-ce que plaisanter à ce sujet.

Bardhyl me donne envie de m'asseoir et discuter avec lui pendant des heures, même s'il m'agace au plus haut point.

Il est étendu sur l'herbe à présent, les yeux clos, profitant du soleil le temps que nos vêtements sèchent.

Je contemple la rivière, adossée au rocher chaud.

M'enfuir maintenant serait stupide, alors je vais attendre le moment où ce grand type à côté de moi sera vraiment endormi. Ensuite je m'enfuirai.

Je suis tellement fatiguée de regarder en permanence par-dessus mon épaule. Épuisée de me sentir comme un lapin en fuite dans un monde peuplé de loups. Ce qu'il me faut, c'est trouver la plus grosse colonie possible de Monstres de l'Ombre et m'installer près d'eux. Bien sûr, leur vue n'est pas vraiment la plus jolie qui soit, leurs gargouillis et gémissements constants sont agaçants, et ils puent, mais quand on est en galère, on n'a pas vraiment le choix, si ?

Et je refuse de me laisser aller à mes émotions, me rappelant que c'est pour la sécurité des Alphas que je dois fuir. Ils finiront par m'oublier. Il le faut… J'ai besoin d'y croire, comme ça je saurai que je peux faire de même de mon côté.

– Il est temps de partir, ordonne Bardhyl. Trouvons un abri pour la nuit, et demain nous devrions rentrer à la maison.

Son ombre tombe sur moi quand il attrape ses vêtements sur le rocher près de moi.

Je récupère les miens, tout en me couvrant la

poitrine d'une main. J'enfile prestement mon haut par la tête, glissant mes mains dans mes manches toujours humides. J'aurais pu me passer de porter des fringues humides.

– Tu n'es pas la personne que je préfère en ce moment, lui dis-je.

Je fourre mes pieds dans les jambes de mon pantalon que je remonte vite pour me couvrir.

– Alors c'est que je fais bien mon boulot. Je n'essaie pas de me rendre sympathique à tes yeux, marmonne-t-il.

Je me retourne pour lui faire face tandis qu'il reboutonne son jean et rentre partiellement sa chemise, tête baissée, ses longs cheveux blonds retombent en cascade devant lui. Tout ce que je vois, ce sont des bras forts et puissants, et des muscles. Cet homme imposant me domine largement, et il emploiera la force s'il le faut pour me garder auprès de lui. Pour cette raison, je le déteste. Mais mon corps lui répond de la plus belle des façons, et une vague d'excitation monte en moi, me léchant la peau, laissant deviner le désir de plus encore.

Toutefois ses ordres désinvoltes m'irritent.

– Je ne m'attends pas à ce que tu m'apprécies, mais j'espère que tu auras un peu de compassion.

Je suis brisée, Bardhyl. Un danger pour la meute. Tu ne vois pas que c'est pour ça que je ne peux pas y retourner avec toi ?

Je vais pour m'éloigner quand il me saisit le menton, pas assez fort pour me faire mal, mais suffisamment pour m'immobiliser. Il caresse ma joue de son pouce et me regarde avec tant de passion que je ne peux pas supporter les choses telles qu'elles sont entre nous. Je ne veux rien savoir en vérité, car je souffre déjà d'avoir laissé deux Alphas derrière moi. Alors je supplie l'univers de ne pas en ajouter un troisième. Je sens que mon corps répond au contact de Bardhyl de la même façon qu'il répondait à Dušan et Lucien. Un brasier s'enflamme entre mes cuisses. La louve en moi n'est peut-être pas encore sortie, mais elle n'hésite pas à me faire savoir quels hommes elle désire.

– Qu'est-ce que tu penses qu'il va se passer si tu ne retournes pas auprès de tes Alphas ? demande-t-il.

– De quoi tu parles ?

Je n'arrive plus à me concentrer que sur l'endroit où il me touche. Tant que je suis à portée de vue, je suis d'une certaine façon la personne la plus importante de son univers.

Bardhyl me fait penser aux deux autres, mais

plutôt que de me laisser aller vers ce loup, il faut que je reste forte. Rassemblant toutes mes forces, je m'arrache à sa prise.

— Ils vont m'oublier et trouver quelqu'un d'autre. Toutes les femelles de votre meute seraient ravies de s'accoupler avec eux.

Alors que ces mots s'échappent de ma bouche, la douleur me transperce la poitrine. J'ai entendu parler de loups qui vivaient heureux sans partenaire. Des Omégas non accouplées qui faisaient de parfaites compagnes pour leurs Alphas, sans qu'il y ait cette connexion profonde. C'est possible.

Bardhyl me jette un regard perplexe, comme si j'avais perdu l'esprit.

— Je crois que toi et moi devons avoir une longue conversation au sujet des roses et des loups.

J'éclate de rire.

— On dit « des roses et des *choux* ».

— Pas là d'où je viens, et visiblement, tu en sais très peu sur ta propre espèce. Ou sur le fait que, si tu ne retournes pas auprès de tes Alphas, la douleur que tu ressens à cause de l'éloignement deviendra si intense que tu auras envie de mourir.

— Non, la distance brisera notre lien. Il le faut.

Ma réponse agacée fuse toute seule :

— M'effrayer ne me fera pas changer d'avis. Tu

peux tourner les mots dans tous les sens, mais leur signification restera la même.

– Je ne t'ai jamais prise pour une philosophe. Pour moi tu es plutôt un genre d'allumeuse.

– Ah. Ce qui démontre bien à quel point tu me connais mal.

Je me détourne de lui, brûlante de colère qu'il me juge aussi inconstante.

Je lui fais un doigt d'honneur.

– Ne prends pas mon admiration pour ton corps nu pour ce que ça n'est pas. Je te déteste. Et peu importe la taille de ta queue.

J'entends ses pas derrière moi, ainsi que son petit rire. Je regrette intérieurement d'avoir lâché cette dernière phrase. Je voulais l'insulter, mais en fait je l'ai complimenté. Qu'est-ce qui ne va pas chez moi ?

Oh, je sais. Mon côté vulnérable et en manque de sexe me fait dire des trucs ridicules.

– Si tu veux, mon cœur, je peux te montrer à quel point elle peut encore grandir, si tu penses que *ça,* c'est gros.

Je refuse de lui céder et ne réponds pas. Ici j'ai le dessus, car je suis immunisée contre les Montres de l'Ombre, ce qui fait ma force. Maintenant, si nous pouvions de nouveau croiser la route de morts-vivants, tout serait parfait.

Tout le monde a son chemin à suivre dans la vie, et le mien, c'est d'être seule dans les bois. Je n'ai pas peur du noir ni du virus. Ce qui m'effraie le plus, ce sont les autres gens.

Devenir trop proche.

Pour les perdre ensuite.

Ce chagrin, c'est pire que la mort.

Après avoir tout perdu déjà, j'ai juré de ne jamais plus aller à l'encontre de ce que me dicte mon cœur.

Le souvenir lointain de ma mère s'est atténué, je l'ai laissé s'éloigner. À présent je continue d'avancer et j'attends le bon moment pour bouger à ma guise.

– Ton odeur est différente, remarque-t-il tout à coup, ses yeux fixés sur moi.

– Chaque loup a une odeur unique, lui rappelé-je.

– Mais la tienne est plus qu'une odeur de louve, Meira.

Je m'arrête et lève le menton vers lui. Quelque chose durcit dans le creux de mon estomac.

– Qu'est-ce que tu es train de me dire ?

– Que quand je respire l'air autour de toi, mon

loup devient dingue de désir de te revendiquer, mais il gémit aussi à cause de ta maladie.

J'ai les joues en feu.

– Je suis déjà au courant. C'est pour cette raison que ma louve refuse de sortir. Mais je te remercie de me faire remarquer à quel point je suis différente.

– Ce n'est pas ce que je dis.

Il reste à la traîne tandis que je marche d'un bon pas. Mais soudain, il est à mes côtés et m'attrape le poignet.

– Est-ce que tu t'es jamais demandé pourquoi tu te sens mal et tu vomis du sang ? Dans l'enceinte, Dušan m'a dit à quel point tu es malade. Mais aucun métamorphe ne souffre de ce genre de maladie, même quand son loup ne s'est pas encore montré.

– Oui, et alors ? Qu'est-ce que tu veux que je te dise ? J'ignore pourquoi je suis mal foutue.

– Oh, ma chérie.

Il prend mon visage entre ses mains, mais j'en ai assez de tout ça, et je le repousse des deux mains sur son torse.

– Arrête.

– Non. Je n'arrêterai pas tant que tu n'auras pas bien compris.

– Mais bon sang, de quoi est-ce que tu parles? m'écrié-je, tremblante. Arrête de tourner autour du pot. Dis-moi ce que tu sais.

Son expression se fait stoïque.

– Dušan a demandé des analyses de ton sang quand tu étais dans l'enceinte, et on croit savoir pourquoi tu es malade, et pourquoi les morts-vivants ne te touchent pas. Et c'est peut-être aussi la raison qui empêche ta louve de sortir.

J'ai le cœur serré à ces paroles.

– Qu'est-ce que les tests ont montré ?

Ma voix est plus ténue que je l'aurais voulu, et je déteste cette peur derrière mes mots.

Un chœur de gémissements s'élevant droit devant nous détourne mon attention.

Je repère un groupe d'au moins vingt Monstres de l'Ombre qui se précipitent sur nous. Nous sommes à découvert et parlons bien trop fort, ce qui les attire.

Bardhyl me tire par la main dans la direction opposée, mais mon esprit me hurle de me libérer pour courir vers les morts-vivants. C'est ma chance de me débarrasser de cet Alpha, de me retrouver seule et de disparaître du Territoire des Ombres une fois pour toutes.

Mais je n'arrive pas à me sortir ses mots de l'esprit. Il sait ce qui ne va pas chez moi. Depuis que j'ai perdu maman, j'ai cherché à comprendre pourquoi je suis différente. Et si la découverte de Dušan pouvait me fournir un remède pour faire sortir ma louve coincée en moi ?

L'espoir qui enfle dans ma poitrine me fait suffoquer.

– Mais putain, Meira, bouge ton cul !

Les morts-vivants approchent vite et la panique tord les traits de Bardhyl, en proie au dilemme de savoir s'il doit me laisser tomber pour sauver sa peau.

Mais si nous nous séparons maintenant, je ne saurais jamais la vérité sur ce qui cloche chez moi.

Maudits Monstres de l'Ombre. Ils pouvaient attaquer n'importe quand, et c'est maintenant qu'ils le font ?

Je me détourne d'eux et nous détalons.

Bardhyl me tient contre lui comme pour me protéger, mais c'est *lui* qui court vraiment un danger. Si je veux savoir ce qu'il en est des analyses de sang, je dois m'assurer qu'il survive. C'est drôle comme l'ironie peut être une vraie plaie.

Bardhyl

*L*e souffle court, je martèle le sol de mes pieds, couvrant rapidement du terrain, tirant Meira à mes côtés.

Pendant ces quelques secondes, j'aurais juré qu'elle allait partir, se servant des morts-vivants pour se couvrir, mais lui parler de ses analyses de sang n'aurait pas pu mieux tomber. Je vais me servir de ça pour la garder auprès de moi le plus longtemps possible, et m'assurer de la ramener à la meute.

J'ose jeter un œil en arrière. Ces putain d'enfoirés n'abandonnent pas, bien qu'on ait mis une bonne distance entre eux et nous au sein des bois denses. Ils n'arrêteront pas avant de nous avoir perdus de vue.

– Qu'est-ce que les tests ont montré ? demande-t-elle entre deux halètements. Dis-moi.

– Plus tard, réponds-je.

– Non, maintenant. C'est pile le bon moment, souffle-t-elle à côté de moi. Et si tu meurs et que je ne découvre jamais ce qu'il en est ?

Elle m'exaspère. J'ai envie de la balancer sur mes genoux et de faire rosir son joli petit cul.

Je lui jette un regard sévère, car je vois clair dans son jeu.

– Alors tu ferais mieux de t'assurer que je ne meure pas.

Elle plisse les yeux. Si nous n'étions pas en train de courir à toute bombe, c'est sûr qu'elle m'aurait frappé. Et j'aurais sûrement aimé ça, aussi.

Je saute par-dessus un tronc mort, juste derrière elle, et je me déporte pour suivre la pente descendante du terrain.

Quand elle tourne la tête vers moi, elle affiche un sourire rusé auquel je ne m'attendais pas. Mais elle ne me désoriente pas. Si elle veut jouer à ce jeu, elle ne va pas comprendre ce qui lui arrive. Je peux aussi la pousser à bout, si c'est ainsi qu'elle veut procéder.

Je dérape sur le sol recouvert de feuilles mortes et atterrit en grognant sur les fesses. Je réussis à me relever juste au moment où Meira dégringole la pente raide. Je m'élance, agrippe le dos de son haut et la serre contre moi pour l'empêcher de chuter.

Elle est à bout de souffle. Je regarde derrière nous où une poignée de morts-vivants nous pourchassent encore. Le troupeau s'est vraiment réduit, mais même armé d'un couteau, je ne prendrais pas le risque de me battre ici. Il y en a encore trop qui ont suivi. Ce qu'il nous faut, c'est un endroit où nous dissimuler jusqu'à ce qu'ils disparaissent.

– Là ! crie Meira.

Elle pointe un doigt légèrement sur notre droite, mais je ne vois que des arbres.

Quelques secondes plus tard, nous faisons irruption hors des bois, chacun par un côté, dans une petite clairière au bord d'une falaise.

Mes yeux s'arrêtent sur un pont délabré, fait de cordes et de planches de bois, qui a l'air prêt à s'effondrer si l'on pose le pied dessus. Il s'étend sur une centaine de mètres au-dessus d'une gorge, vers un endroit qui a l'air libre de morts-vivants. Mais ce pont est très haut, et je ne suis pas sûr qu'il soit bien solide.

Meira s'élance la première pour traverser cette chose branlante, ce qui est très courageux de sa part.

Je souris intérieurement, mais ce moment de joie s'évapore quand un gémissement guttural s'élève derrière moi.

Nous fonçons sur le pont dont les planches grincent sous mon poids, tandis que toute la structure commence à se balancer sous le mouvement de nos pas rapides.

Je commets l'erreur de baisser les yeux vers la

rivière qui serpente au-dessous de nous, et la hauteur me donne le vertige. Je me cramponne à la corde et mes jambes se bloquent, tandis que je me vois passer par-dessus bord et chuter vers ma mort.

Putain, j'aime ma vie, je me bats bec et ongles au quotidien pour survivre. Mais à présent, je n'arrive pas à m'ôter de la tête l'image de moi tombant de ce pont cassé, plongeant vers la mort.

Mon cœur tambourine dans mes oreilles.

– Bardhyl, qu'est-ce que tu fais ? Bouge tes jambes ! me réprimande Meira d'un ton irrité.

Mais mes yeux restent figés sur la rivière, tellement loin dessous.

De douces mains se posent sur les miennes, alors que je m'agrippe à la corde d'une poigne de fer.

– Écoute-moi. (Elle me tire par la main.) – Regarde-moi. Il faut que tu bouges, et tout de suite, ou alors c'est *moi* qui vais te pousser par-dessus bord.

Quand je croise son regard, j'ai bien l'impression qu'elle pense chaque maudit mot qu'elle prononce.

– C'est comme ça que tu aides quelqu'un au bord d'un précipice ?

– Eh bien, ça t'a fait bouger, non ?

Ce n'est qu'à ce moment que je réalise que j'ai fait quelques pas en avant.

– Ne regarde pas en bas. Sérieusement, ajoute-t-elle. Concentre-toi simplement sur ma voix, et avance vite. Ils sont juste derrière nous.

Je ne regarde pas en arrière. Je fais exactement ce qu'elle me dit. Je tremble de tout mon corps, une main cramponnée à celle de Meira, l'autre sur la corde. Pas après pas, nous couvrons la distance qui nous reste.

Soudain, tout le pont se met à se balancer. Je m'agrippe plus fort à la corde et regarde derrière moi : trois morts-vivants titubent sur cette maudite structure. Et il y en a une demi-douzaine de plus sur leurs talons. Le pont pourra supporter notre poids à tous ?

– Dépêche-toi, me presse Meira. Allons-y. Tu peux le faire, Bardhyl.

Me concentrant sur sa voix, c'est ce que je fais. Je marche sur ses talons sur le pont qui se balance, et mon estomac se révulse à chaque mouvement. Quand il ne nous reste plus qu'un tiers de la distance à parcourir, nous accélérons le mouvement.

Mon cœur martèle férocement ma poitrine.

Ne regarde pas. Bon sang, ne regarde pas en bas.

Meira fonce devant moi, et me fait signe de me dépêcher, et en quelques secondes j'atteins l'autre côté, auprès d'elle. Je pourrais embrasser ce fichu sol sous mes pieds.

J'attrape la lame à ma ceinture et me retourne pour voir les créatures tituber frénétiquement vers nous. Je me jette sur les cordages et d'un seul coup, je coupe la corde supérieure d'un côté, puis m'accroupis pour passer ma lame sur celle qui attache le pont au poteau de bois près de moi.

Soudain le pont s'effondre d'un côté, envoyant les morts-vivants valser vers leur mort finale au fond de la vallée. Ils tombent comme des mouches, s'écrasent dans la rivière et sur les berges envahies de végétation.

L'un de ces tarés s'accroche au pont, tandis que les autres grimpent encore dessus.

Je coupe les cordes attachées aux piquets de l'autre côté et toute la structure s'effondre, emportant les derniers morts-vivants avec elle.

Il y a un autre pont plus près de la forteresse de la meute. Rentrer à la maison nous prendra plus de temps que je ne le voudrais, et putain, ça craint.

– Bon, il faut qu'on y aille.

Je me redresse et me retourne pour voir Meira

filer dans la direction opposée.

Je l'attrape par le poignet et l'attire à moi. Elle pivote vers moi, et sa main me frappe la poitrine quand elle se heurte à moi. Mais je ne vois que ses yeux, ces iris couleur bronze, et je ne sais pas ce qui me prend, mais je me penche et l'embrasse avant de retrouver mes esprits.

Au début, elle se fige, surprise par mon baiser. Putain, moi aussi je suis surpris, et je vais pour me rétracter quand elle se met à m'embrasser à son tour, ouvrant sa bouche délicieuse. Ses petites mains s'enroulent autour de mon cou, me rapprochant d'elle qui presse ses seins magnifiques contre ma poitrine.

Putain !

Je ne devrais pas faire ça. Mais ma queue frémit et je la serre fort, à mon corps défendant. Finalement, c'est elle qui rompt notre baiser. Quand je la lâche, je suis à bout de souffle, et ma tête est embrouillée par ce que je viens de faire.

– Partons maintenant !

Je lui attrape la main et me mets en route. Mon cœur martèle ma poitrine, et ma hampe est à l'étroit dans mon jean. Bon sang, mais c'est quoi mon problème ? Je panique à l'idée de mourir sur un pont, et du coup je l'embrasse ?

Les bois se font plus denses tandis que nous suivons la falaise, et que j'essaie de remettre de l'ordre dans mes idées. De me rappeler à qui appartient Meira. Et bon sang, je sais pertinemment qu'elle n'est pas à moi. Peu importe à quel point j'ai envie de lui arracher ses vêtements, de la revendiquer dans l'instant, et lui faire crier mon nom.

Bon sang. Ces images dans ma tête de moi en train de la sauter ne m'aident pas. Il faut juste que je m'éclaircisse les idées, c'est tout.

— Je suis surprise que le grand et puissant Bardhyl ait le vertige. Je te croyais indestructible, plaisante-t-elle à moitié, mais j'entends la tension dans sa voix.

Elle m'a embrassé aussi, donc je ne suis pas seul à me sentir subitement gêné. Mais si la seule façon de gérer notre erreur, c'est de prétendre qu'elle n'a jamais eu lieu, alors je jouerai le jeu.

— Bébé, tout le monde sur cette planète a des défauts, et je n'ai jamais dit que j'étais parfait.

Par exemple, en ce moment même, j'ai envie de la renverser dans mes bras et de l'embrasser, quoi qu'il en coûte.

Je ne suis pas du tout parfait.

CHAPITRE 9

DUŠAN

*J*e déteste ces foutus bois. Je n'aurais jamais pensé l'admettre, étant donné que je vis dans la forêt du Territoire des Ombres, mais *putain !*

– Où peut bien être Meira ? aboyé-je, frustré au plus haut point.

Elle n'est nulle part. Je n'ai trouvé que ces maudits morts-vivants, et un sauvage que nous avons croisé. Nous lui avons botté le cul avant de continuer notre route. Avec notre sens de l'odorat développé, nous aurions dû capter son parfum depuis longtemps. Mais apparemment, nous allons dans la mauvaise direction, même après avoir changé plusieurs fois de trajectoire.

– Je parie que Bardhyl l'a trouvée, murmure

Lucien. C'est le plus chanceux d'entre nous. Il gagne toujours pendant les soirées poker.

Je lui lance un regard, mais, bon sang, son raisonnement est sans doute plus logique que notre errance sans fin dans les bois. Si Bardhyl la repère en premier, elle sera en sécurité, et il la protégera de sa vie s'il le faut. Mais ne pas savoir si c'est vraiment le cas, c'est ça qui me rend dingue.

Un oiseau chante quelque part, pas loin de nous, suivi d'un autre. Il n'y a pas d'autres animaux.

– Nous suivons la rivière. Elle aura sûrement fait des arrêts pour boire et se laver, donc on va repérer son odeur.

J'avais d'abord pensé qu'elle était partie vers les hauteurs, comme il y a pas mal de grottes là-haut, qui offrent une protection. Sauf que je m'étais trompé.

– Je suis d'accord.

Lucien hoche la tête, et nous couvrons rapidement du terrain, restant près de la rive.

À part quelques empreintes d'animaux, la rive de galets ne révèle pas d'autres marques. Nous avons déjà marché depuis un long moment quand Lucien demande :

– Qu'allons-nous faire de Mad ?

Rien que songer à mon demi-frère me hérisse les poils sur la nuque. Je n'aurais jamais dû lui confier un poste si élevé dans ma meute, ni lui faire confiance avec les livraisons d'Omégas à nos partenaires commerciaux.

– Il aura trois options. Soit il se soumet, et il sera sous surveillance constante, soit il s'en va, soit il m'énerve tellement que je vais le tuer.

Ces mots me laissent un goût amer dans la bouche, mais il a déjà merdé avant, et je lui ai toujours laissé une nouvelle chance. C'est de ma faute, je l'ai traité différemment du reste de ma meute parce qu'il est de ma famille. Mais ma meute, c'est ma famille aussi, et j'en ai marre.

– Il était temps, grogne Lucien.

Cela fait des années que lui et Bardhyl m'avertissent au sujet de Mad, et j'ai choisi de ne pas les écouter. Eh bien, toute cette merde va changer à partir de maintenant.

Nous continuons notre progression sous les arbres qui se balancent dans la brise. Quand Lucien s'arrête et fixe la rive, j'ai l'impression d'avoir marché pendant des heures. Le sol est retourné, des empreintes de pas entrent et sortent de l'eau. Je m'accroupis et passe le doigt le long d'une empreinte de pied nu, trop petite pour être celle d'un mâle. Les pas sont parfaitement alignés : la personne n'a pas titubé, ce n'est donc pas un mort-vivant qui a laissé cette trace.

Je hume profondément la boue, l'eau douce, l'herbe fraîche, mais au-dessous de tout ça rôde une autre odeur. C'est léger, mais elle porte la signature du loup, et cette odeur nauséabonde de sang. Elle disparaît en quelques secondes, mais c'est tout ce dont j'ai besoin.

– Elle était là.

Je me redresse, et scrute la zone en quête d'un indice, n'importe quoi.

– Il y avait quelqu'un avec elle, constate Lucien, désignant du menton de plus larges empreintes de pas. Pas de chaussures, non plus. Je te l'avais dit. Bardhyl l'a rattrapée.

Putain, si c'est le cas, merci.

– Ces empreintes de pieds nus montrent qu'ils sont allés dans la rivière de leur plein gré, observe Lucien. Pour laver le sang peut-être, et empêcher les morts-vivants de les traquer. Ou alors, ils avaient des loups sur les talons, et il fallait qu'ils masquent leur odeur.

– Les traces dont dû être faites aujourd'hui. Elles sont encore fraîches, remarqué-je.

Nous sommes tout près. L'espoir de retrouver enfin Meira me transperce la poitrine.

Nous échangeons de brefs regards et descendons la rivière, en direction de notre meute. C'est là où Bardhyl l'aurait emmenée.

Nous accélérons le rythme ensemble. Depuis tout petits, Lucien et moi avons été inséparables. Après la perte de sa compagne, il s'est fermé à la quête d'une nouvelle partenaire. Cela ne l'a pas empêché de trouver des Omégas à sauter – il n'a jamais manqué de candidates à sa couche – mais ça n'a jamais été plus loin que l'histoire d'une nuit.

Jusqu'à maintenant, avec Meira. Je devrais être furieux qu'il ait touché à ce qui m'appartient, mais c'est ainsi que fonctionnent les âmes sœurs, n'est-ce pas ? Les loups se choisiront mutuellement, indépendamment de ce que désire le cœur. Ouais, ça fait vraiment mal de l'imaginer en train de la prendre.

Mais si leurs loups ont choisi leur partenaire, qu'y puis-je ? Je ne peux perdre ni Meira ni mon plus proche ami, alors je ravale ma foutue fierté. Nous trouverons un moyen de faire en sorte que ça marche.

– Qui a fait le premier pas, toi ou Meira ?

Je ne peux pas m'en empêcher, je veux savoir.

Il évite mon regard en répondant, parce qu'il ne sait que trop bien pour quelle raison je pose la question.

– Est-ce que tu as un problème avec nous ?

J'ai toujours pensé qu'un jour je trouverais mon âme sœur, et qu'il n'y aurait que nous deux. Mais il est rare que mes rêves deviennent réalité, parce que l'univers aime me martyriser.

– Le destin a un sens de l'humour tordu, et il te frappe dans les dents quand tu t'y attends le moins, réponds-je.

Il me regarde à travers ses yeux mi-clos, et soupire.

– Je savais que tu en parlerais. Je n'ai pas besoin de tes conneries de jalousie. J'ai juste... (Il lève les yeux au ciel.) Putain, je ne sais pas. C'est juste que, quand je suis avec elle, tout le poids que je portais jusqu'à présent s'allège.

Il hausse les épaules.

– Je n'ai pas ressenti ça depuis très longtemps, Dušan. Tu sais que je ne marcherais jamais sur tes plates-bandes. Tu es comme mon frère.

Quand il croise de nouveau mon regard, j'y vois une dureté nouvelle, comme s'il ne savait pas quoi faire de ses sentiments. Ou du fait que Meira se soit immiscée dans sa vie, et l'ai complètement terrassé. Ou de la façon dont nos deux loups sont connectés à elle…

Tout chez elle devrait déclencher l'alarme, mais au lieu de ça, j'ai envie de la prendre, de la déshabiller, et de la revendiquer encore et encore. De la marquer tant de fois que sa louve n'aura d'autre choix que se montrer enfin.

– Et si la maladie nous la prenait ? murmure Lucien, comme s'il lisait dans mes pensées.

– Ça n'arrivera pas. (Mon dos se raidit.) – Je mettrais ce putain de monde à feu et à sang plutôt que perdre mon âme sœur.

Bardhyl

Un éclair traverse le ciel qui s'obscurcit, rapidement suivi d'un grondement de tonnerre. La terre tremble en réponse, et les premières gouttes de pluie me tombent sur le visage.

Meira court à mes côtés pendant que je scrute les alentours en quête d'un abri. Grimper dans un arbre ne fera pas l'affaire, pas avec la tempête qui approche. Je jette un œil à Meira par-dessus mon épaule ; le regard vif, elle surveille les alentours.

Plus loin sur notre droite, la montagne s'élève abruptement, une paroi rocheuse apparaît derrière les arbres. Je glisse ma main dans celle de Meira et la guide dans cette direction. Peut-être aurons-nous la chance de trouver un abri.

Nous crapahutons dans la forêt épaisse quand le terrain grimpe soudain en pente raide, s'élevant encore et encore vers les falaises au-dessus de nos têtes.

La pluie tombe à grosses gouttes, nous sommes trempés. Le froid me pique la peau, j'attire Meira contre moi.

– Là, crie-t-elle en me tirant vers sa gauche.

Je repère le trou sombre dans le flanc de la montagne. Quatre autres grottes nous attendent, et à cet instant, j'irais dans n'importe laquelle. Je relâche sa main et ramasse à la hâte de petites branches et des brindilles sous des arbres, qui ne sont pas encore mouillées. C'est une vraie plaie de faire du feu avec du bois humide, alors je me dépêche d'en ramasser une brassée. Meira fait de même, choisissant des branches plus grosses, couvertes de feuilles. Nous nous précipitons bientôt dans la grotte la plus proche avec nos fagots.

J'expire quand de l'eau froide coule de mes cheveux dans mon dos. J'avance plus loin dans la grotte et jette le bois au sol, puis flaire en quête d'un indice de la présence d'un animal ou d'un mort-vivant. Il fait nuit noire, mais je ne sens que l'odeur de renfermé de la grotte.

Je sors un briquet de ma poche. Je ne suis pas un homme des cavernes ; j'ai pris mes précautions. Un rapide cliquetis, et l'endroit s'illumine, révélant un espace long et étroit qui nous permet de nous installer plus loin de l'entrée.

Je me mets au travail et allume un petit feu au milieu de la caverne, nous laissant plein d'espace pour dormir derrière.

Quand j'ai fini et m'agenouille devant les flammes, me baignant dans leur chaleur, Meira a fait un lit de fortune avec de grandes feuilles ressemblant à des palmes étalées au sol.

Dehors, la pluie martèle la terre, tombant à verse.

— Cet orage est sorti de nulle part.

Meira me rejoint près du feu, pour réchauffer ses mains. La lueur orange illumine son magnifique visage. Et c'est exactement là où j'ai envie d'être... à profiter de son sourire radieux quand elle me regarde, une question sur ses jolies lèvres boudeuses.

– Ce serait génial d'avoir à manger maintenant, dit-elle.

J'ai bien l'impression qu'elle me fait les yeux doux. Pense-t-elle que ça va marcher ? Je ne vais pas sortir par ce temps pour chercher un éventuel repas.

– Effectivement, réponds-je. Quand tu reviendras avec quelque chose pour nous, je mettrai une petite broche sur le feu.

Elle me lance un regard noir. Je glousse de la voir si prévisible parfois, même si je l'ai côtoyée assez longtemps pour savoir qu'elle n'a pas l'habitude de flirter pour obtenir ce qu'elle veut. Est-ce que c'est le signe qu'elle se sent plus à l'aise en ma présence ?

– Tu ne te comportes pas vraiment en gentleman, me répond-elle en s'asseyant devant le feu, jambes croisées.

– Je n'ai jamais prétendu en être un, ni un héros, ni quoi que ce soit d'autre. Je suis ce que tu as en face de toi. Un Alpha qui suit les ordres, et qui te garde à l'œil.

Elle penche la tête vers moi.

– Alors pourquoi m'as-tu embrassée ?

– Pour te prouver que tu as tort.

Elle se raidit et croise les bras sur sa poitrine.

– Pardon ?

– Tu penses que tu as tout réglé et que t'enfuir résoudra tous tes problèmes. Mais dans la vie, rien ne se passe comme on s'y attend, pas vrai ?

Elle plisse les yeux et fronce son joli petit nez.

Je repousse des mèches de mon visage.

– Tu ne t'attendais pas à ce que je t'embrasse, et maintenant tu n'arrêtes pas de penser à moi. Je sais que tu ne peux pas t'en empêcher. Ça se voit sur ton visage.

Et moi aussi je l'ai en tête en permanence, le goût sucré de cerise de ses lèvres, sa respiration haletante, et comment elle s'est accrochée à moi parce qu'elle en voulait plus.

– Non, c'est faux. Ne te fais pas d'illusions, aboie-t-elle en réponse.

Je ris, je sens déjà son désir dans l'air, cette douce et délicieuse odeur qui attire mon loup. Elle l'appelle, et elle est là à me dire qu'elle ne pense pas à moi. D'accord.

J'avance vers elle, et elle recule en trébuchant.

– As-tu peur de perdre le contrôle, et de ne plus être capable de t'arrêter ?

– Souviens-toi, c'est *toi* qui m'as embrassée, *moi*.

Elle resserre ses bras sous sa poitrine, remontant ses seins fermes, le tissu humide collant à leur courbe parfaite. Je ne peux pas m'empêcher. Ma hampe se dresse et tressaille dans mon pantalon.

Je me relève. En quelques pas vifs, je franchis la distance qui nous sépare. Dans ma tête, une alarme retentit, me disant de renoncer. Me disant que c'est moi qui ne serais plus capable de m'arrêter.

Mais quand elle me regarde avec l'air d'une souris coincée par un lion, l'excitation qui s'empare de moi me propulse en avant. Il y a trop longtemps qu'aucune femme ne m'a fait me sentir aussi vivant, aussi accro, aussi foutrement captivé.

Je lui attrape la nuque, l'attire vers moi. Elle halète, et ce petit bruit me rend fou de désir. Bon sang, mais d'où vient cette diablesse ?

Je sens encore l'odeur de son excitation, et putain, elle va me faire perdre la tête. J'aurais dû savoir dès notre première rencontre que je ne pourrais plus jamais m'éloigner de cette Oméga.

Et maintenant qu'elle est à portée de moi, j'ignore comment faire marche arrière.

L'insupportable douleur qui a envahi ma

poitrine exige que je la revendique. C'est le bon moment, le moment parfait, même.

Elle me fixe droit dans les yeux, me défie du regard, sans rien savoir de sa place dans le monde des loups. C'est peut-être ce qui m'attire autant chez elle.

Il y a tellement de différences entre nous que c'est rafraîchissant d'avoir une Oméga combative, qui ne fait pas que suivre mes ordres. La plupart des Omégas ont perdu leur fougue, acceptant leurs destinées. À ce titre, la plupart se contentent de chercher un Alpha, prêtes à tout pour trouver leur partenaire et tomber dans la routine. Ce n'est pas ce que je veux.

— Est-ce que tu vas me parler de mes résultats d'analyses ? demande-t-elle.

Un éclair chasse les ombres autour de nous, et la pluie détrempe les bois au-dehors.

— Voilà le truc. Je te propose un marché, commencé-je, sans la lâcher.

Elle me balance un coup de poing dans le bras, mais je ne la laisse pas encore partir.

— Toi et moi allons nous embrasser, et ensuite tu vas me supplier de te toucher, et d'enfoncer mes doigts en toi pour te caresser. Arrivés à ce stade, tu me diras d'arrêter, et je ne te toucherai plus jusqu'au matin.

– Tu délires ? Il n'en est pas question.

Elle me repousse de ses mains sur ma poitrine, et je la libère. Elle trébuche et ses jolis seins rebondissent, attirant mon attention.

– Si tu ne me demandes pas d'arrêter, j'ai gagné. Et tu seras à moi pour la nuit. Ça te tente ?

Elle se raidit et me dévisage en clignant des yeux. Oh, elle est douée.

– Est-ce que c'est ta manière habituelle de draguer ?

Je la regarde de haut en bas.

– Jamais une femme ne m'a rejeté, si c'est ce que tu sous-entends.

– Et si je ne suis pas d'accord avec cette idée ridicule ?

– Tu as une autre suggestion pour nous divertir toute la nuit ?

Elle rejette la tête en arrière, levant le menton.

– Hum… dormir.

Il n'y a pas moyen que je dorme quand tout ce qui m'obsède, c'est notre baiser. Je contemple ses lèvres entrouvertes. Je devrais renoncer, mais je suis allé trop loin, et reculer est aussi facile que demander à des loups affamés de ne pas s'attaquer à un cerf en fuite. En d'autres mots, c'est impossible. Bon sang, je n'ai absolument aucune envie de m'écarter de Meira. Elle m'a tellement affecté, j'ai peut-être simplement besoin de la faire sortir de mon système.

Elle émet une sorte de ronronnement.

– Donc, quand je gagnerai, tu me diras aussitôt ce qu'il en est de mes résultats sanguins ?

Je me penche en avant et lui murmure à l'oreille :

– Bien sûr. Mais, mon chou, tu seras incapable de résister. Je te le promets. Tu crieras mon nom jusque tard dans la nuit.

CHAPITRE 10

MEIRA

*J*e dois être complètement folle, pour ne serait-ce qu'envisager cette idée. Bardhyl est un pervers, un loup en rut qui voit là une opportunité. Mais pourquoi je ne peux pas me sortir de l'esprit le souvenir de notre baiser ? Comment je me suis cramponnée à lui parce que j'en voulais tellement plus, comment la douleur s'est estompée quand j'étais dans ses bras, comme avec les deux autres Alphas.

Je fais un pas de côté pour m'éloigner de lui et pour reprendre mon souffle, car je me noie dans ma propre excitation. Quand je le regarde, j'ai le cerveau embrumé, je n'arrive plus à réfléchir correctement. Même maintenant, j'ai son odeur partout sur moi : le loup musqué, la fraîcheur de la pluie sur sa peau, et même la boue sur ses chaussures.

Je ne peux pas le nier. J'ai eu envie de l'embrasser dès notre première rencontre à la forteresse de la meute. Par ailleurs, je ressentais la même chose pour Dušan et Lucien. Et voilà où ça m'a menée. À présent je suis coincée dans une grotte pendant un orage avec un beau Viking, et au lieu de le repousser, j'envisage un jeu complètement dingue où il m'allumerait et je devrais lui demander d'arrêter. Qui fait ce genre de choses ?

– Meira, m'appelle-t-il, mais je lui tourne toujours le dos, pour trouver un sens rationnel à toute cette situation et pour que mon rougissement s'atténue.

– Je ne pense pas que ce soit… commencé-je.

Il s'approche dans mon dos. La chaleur de son corps m'enveloppe, et c'est comme si je perdais ma capacité de réflexion.

– Qu'est-ce qu'il y a, mon chou ?

J'inspire profondément, cherche au fond de moi et finis par retrouver un semblant de bon sens, pour réussir à lui dire :

– Je vote pour qu'on s'asseye près du feu et qu'on essaie de dormir. Ton idée est carrément dingue. On ne va pas faire ça.

Je ressens une douleur aiguë au creux de l'estomac, comme juste avant que Lucien et Dušan ne me prennent, et maintenant ça recommence. C'est ma louve qui se réveille pour l'occasion.

Peut-être que pour elle, je devrais tenter le coup. Si la présence de Bardhyl la réveille, je regretterai de ne pas avoir essayé de la faire sortir. J'ai envie de rire tout fort de mon raisonnement ridicule. Pour autant qu'il soit en partie vrai, je ne peux m'ôter de l'esprit la vision de sa nudité au bord de la rivière. Sa grande queue, ses grandes mains, la promesse de ce qu'il me fera. Sa seule présence titille ma libido.

Peut-être que certaines femmes sont capables de repousser un tel homme, et j'ai toujours cru que j'en faisais partie. Apparemment, je faisais erreur. Je ne suis qu'une louve en chaleur. Ma résistance n'est qu'une fine façade, pleine de fissures à la surface.

Je me retourne pour lui faire face, menton relevé, portant mon courage comme un étendard, ce qui est une terrible erreur. La résistance que j'ai opposée un peu plus tôt s'est brisée en miettes.

Au moment où je pose les yeux sur lui, je découvre qu'il n'est vêtu que de son jean, avec le bouton du haut défait. J'oublie mon argument. Quand a-t-il ôté sa chemise ?

– C'est très présomptueux de ta part. (Je contemple son torse d'Adonis, et je me sens faible.) – Je n'ai pas approuvé ton idée folle.

– Laisse-moi te dire à quoi tu penses.

Il tend la main pour glisser derrière mon oreille une mèche de mes cheveux prise dans mes cils, mais je le repousse.

– Dans ton esprit, tu t'éloigneras de moi et ne me reverras plus jamais. Pourtant, l'idée de découvrir la vérité au sujet de tes analyses de sang est tentante, non ? Est-ce que tu dois jouer à mon jeu et glaner quelques informations, ou oublier ça parce que tu as vécu tout ce temps sans savoir ? Quelle différence ça ferait, hein ?

Je plisse les yeux.

– Tu sais que j'ai raison.

– Et même si tu avais raison, cela veut dire que tu es un abruti, parce que tu te sers d'une information importante pour glisser la main dans ma culotte.

Il émet un petit claquement de langue.

– J'ai dit que tu serais à moi pour la nuit. Qui a parlé de sexe ? (Il me gratifie d'un sourire diabolique.) Quand je gagnerai, tu me feras un massage intégral, toute la nuit.

Je lève les yeux au ciel.

– Tu adores jouer à ce genre de petits jeux, pas vrai ? Je le vois à la façon dont tes yeux brillent quand tu joues avec les mots comme ça. Mais je peux te dire dès maintenant que quand nous nous embrasserons, tu seras choqué de voir à quelle vitesse tu vas perdre.

– Donc c'est un *oui* ?

Il me tend la main pour rendre tout cela officiel, et je l'accepte, parce qu'il a peut-être raison au sujet de mes intentions, mais je brûlerais en enfer avant de l'admettre. J'ai remarqué qu'il fait toujours ressortir mon côté compétiteur.

Soudain, il recule et se tient près du feu, toujours vêtu de son seul jean. Il a même enlevé ses bottes et ses chaussettes. Mes orteils se tortillent dans mes chaussures mouillées. Je fais comme lui, les enlève avant de retourner au chaud.

– Alors, on y va ? lancé-je pour briser le malaise.

– Quand tu voudras. Je laisse toujours la femme faire le premier pas, pour qu'il soit évident qu'elle en a envie, et que je ne la force pas à faire quoi que ce soit contre son gré.

Il contemple le feu pendant qu'il parle, les mains tendues devant. J'essaie de déchiffrer l'expression de son visage, mais il ne laisse rien paraître.

– Est-ce que tu as appris ça avec Dušan ? demandé-je, me rappelant ma première fois avec l'Alpha, et comment il s'était écarté après m'avoir léché, parce que j'étais hésitante. Ça n'avait rien à voir avec le plaisir, je frissonne encore au souvenir de sa langue sur mon sexe. C'était la peur de ce que ferait ma louve.

Mais un simple baiser avec Bardhyl, je peux le faire les yeux fermés. Je me rapproche de lui, il ne me regarde même pas. Il est si grand et musclé, le nez légèrement courbé, ce qui ne fait qu'ajouter à son charme. Il a des yeux verts spectaculaires dans lesquels j'ai envie de plonger, et de longs cheveux blonds qui lui retombent sur les épaules et la poitrine. Mon regard s'attarde sur ses biceps un peu trop longtemps avant de glisser sur la fermeté de ses abdos. La façon dont les flammes dansent sur son corps parfait… tout en angles et courbes ciselées. C'est forcément un Dieu Viking, car personne ne peut être aussi parfait, si ?

Mais si quelqu'un ne peut pas dire *non*, ce sera lui. Je me colle à lui, pressant volontairement mes seins contre son flanc. Il glisse un bras autour de moi, tout en pivotant complètement pour me faire face.

Le danger et d'excitation tourbillonnent dans son regard. Je me serre encore plus contre lui, les mains plantées sur ses pectoraux durcis qui se contractent sous mes doigts – il fait ça pour m'épater.

– Bardhyl… (Je gémis son nom plus que je ne le prononce.) – Tu ne fais pas trop d'efforts pour gagner.

– Oh, on a commencé ?

Il se moque de moi, ce qui me rend furieuse ; des paroles de colère se pressent dans ma gorge, mais il m'attrape si vite que j'en reste muette.

Ses mains fortes empoignent mes hanches et me soulèvent en une fraction de seconde, juste assez pour poser mes pieds sur les siens. Il a un sourire sauvage en m'entraînant en arrière jusqu'à ce que je heurte la paroi, clouée sur place par sa carrure imposante. Je ne devrais pas y prendre de plaisir, mais j'adore son agressivité.

À chaque inspiration, je sens son odeur musquée, et mon corps tremble avant même qu'il ne m'embrasse.

Il plaque une main sur la paroi au-dessus de

mon épaule, et de l'autre me caresse la joue. Il me dévore des yeux ; sous son regard, je commence à me sentir vraiment minuscule.

– J'ai essayé de te comprendre, dit-il d'une voix sombre et rauque.

– Oui, et alors ?

– Je voulais comprendre ce qui pouvait rendre heureuse une femme comme toi.

Je relève encore le menton.

– C'est facile. La liberté.

Il hoche la tête.

– Ça, je l'avais bien compris, mais je parle de sexe. Les personnes les plus fougueuses aiment être dominées quand il s'agit de se faire sauter.

– On ne peut pas coucher ensemble. Ça fait partie des règles que tu as établies.

Je souris à pleines dents.

– Aucune règle n'interdisait d'en parler.

Il se penche plus près, sa joue frôlant la mienne, son souffle lourd dans mon oreille. Il ne me touche nulle part ailleurs, mais j'ai déjà des bouffées de chaleur.

– Je vais te marquer comme mienne, et quand je te réveillerai demain matin, ce sera avec ma langue.

Je halète et soupire en même temps, faisant un

drôle de petit bruit étranglé, et mes genoux faiblissent sous moi. Il presse son corps contre le mien, sa hampe épaisse et dure contre mon ventre. Je me liquéfie intérieurement, et je sais que ce métamorphe usera de tous les stratagèmes pour gagner. Mais ça n'arrivera jamais.

Même si mon corps me supplie de l'embrasser en premier, avant de le supplier de me déshabiller avec sa bouche.

– C'est dommage que tu ne gagnes pas, constaté-je.

– Non ? répond-il d'un ton moqueur.

La chaleur de son corps est comme un enfer, et son souffle lourd dans mon cou me fait serrer fort les cuisses. Cet homme est un guerrier, taillé et fait pour la guerre, alors je ne peux qu'imaginer à quel point ce serait incroyable de coucher avec lui.

Ses doigts se promènent sur mes bras, et la chair de poule m'envahit.

– Tout va bien ? murmure-t-il, pendant que son pouce titille innocemment mes tétons durcis.

Ça me coupe le souffle, et un frisson de plaisir fuse droit sur l'apex entre mes cuisses. Bon sang, je suis trempée.

– Tu ne respectes pas les règles.

– C'est comme ça que j'embrasse, mon chou. (Il

pose son front contre le mien.) – Je veux être certain que tu en as envie autant que moi.

– Eh bien, c'est là où tu te trompes. Je ne ressens rien.

Il rejette la tête en arrière et part d'un grand éclat de rire.

– Petite femme, je sens ton doux fluide qui emplit l'atmosphère. Si je glisse ma main vers ton entrejambe, là tout de suite, je t'amène à l'orgasme en quelques secondes.

Déglutissant avec peine, j'essaie de me contenir, de ne rien lui céder.

– Tu me mets en colère et tu m'excites en même temps, mais ça ne veut pas dire que je ne peux pas résister.

– Tu veux que je te touche, hein ? Serrer les cuisses ne t'apportera pas le soulagement que tu désires.

Ses mots me submergent d'un frisson d'excitation, j'ai envie de me tortiller et de relâcher la pression qui augmente en flèche.

– Tu es déjà en train de lutter, me dit-il.

– Est-ce que tu vas enfin m'embrasser pour qu'on passe à autre chose ?

Tout ce dont j'ai envie, c'est de le sentir tout contre moi. Je suis sous l'emprise de mon propre désir, et ce Viking me promet des choses dont j'ai désespérément besoin. Une vague de chaleur se répand en moi.

Soudain sa bouche s'écrase sur la mienne. Il m'embrasse durement, brusquement, magnifiquement. Ses mains ne me touchent pas, seulement ses lèvres.

Elles m'embrassent avec une passion insupportable, suçant les miennes, mordant la chair, c'est exaltant d'être avec un homme si sauvage.

Je veux me perdre en lui, je veux qu'il m'enivre comme il me l'a promis.

Sa langue se glisse dans ma bouche, il m'explore et bon sang, elle est si longue. Je tremble alors qu'il aspire la mienne dans sa bouche et la suce d'une façon qui me fait imaginer à quel point ce sera extraordinaire quand il me lèchera plus bas… Il a l'air du genre à mordre, et merde, j'ai envie de sa marque partout sur moi.

Avec un grognement, il rompt notre baiser.

J'ai les lèvres enflées et douloureuses de la manière la plus incroyable qui soit.

– Est-ce que tu as décidé ? grogne-t-il, les yeux brillants de lubricité.

Je lutte toujours contre l'enfer de désir qui m'engloutit, tandis qu'une douleur palpite entre mes cuisses. Je suis tellement excitée, je ne crois pas pouvoir en supporter davantage, et tout ce qu'il a fait, c'est m'embrasser.

– Il faut peut-être que je me montre un peu plus convaincant, dit-il. (Il tend la main vers mon pantalon, ses doigts se courbent sur sa taille pour le tirer.) Tu veux que je te saute avec mes doigts ?

Je tente de parler mais je suis sans voix, et je déteste n'avoir qu'une obsession : que mon désir soit assouvi. La douleur qui me transperce, c'est ma louve qui répond, qui appelle Bardhyl, qui a besoin de lui.

Ma vulve se contracte à l'idée de Bardhyl qui me prendrait.

– Tu as perdu ta langue, ma douce ?

Il tire sur mon legging et se penche pour un autre baiser. Avidement, je prends son visage dans mes mains et l'embrasse en retour cette fois. Je n'arrive pas à avoir les idées claires, parce que sa façon d'embrasser me donne l'impression d'être envoyée en l'air et de flotter sur les nuages. Comme si rien ne pouvait me toucher. Comme si j'étais tout ce qui importait à ses yeux. Et j'ai envie de ressentir ça, encore et encore.

Ses mains glissent sur le devant de mon pantalon, jusqu'à ce qu'il trouve la source de chaleur entre mes cuisses, et la moiteur qui m'enrobe.

Mes tétons se dressent quand il fait rouler son doigt sur mon clitoris.

Je l'embrasse plus fort, et le monde tournoie autour de moi. Mes hanches remuent d'arrière en avant tandis que je m'agrippe à ses épaules.

– Bon sang, Bardhyl, murmuré-je.

– Qu'y a-t-il ? Tu aimes que je touche ton minou crémeux ?

– Putain, arrête de parler !

J'appuie sur ses épaules, j'ai besoin qu'il aille là où je suis sur le point d'exploser.

Mais il me résiste et me regarde droit dans les yeux.

– Juste pour qu'on soit bien d'accord, j'ai gagné, non ?

Je m'arrête l'espace d'une seconde, le cœur battant à tout rompre, et mon désir m'écrase tant il est fort. Je n'arrive même pas à parler correctement.

– N-non !

Je le repousse, haletant doucement. Mais je me fais des illusions.

Je n'ai jamais vu un homme me regarder comme Bardhyl me regarde en ce moment, me promettant du sexe brut et primitif. Et merde, comment suis-je censée me remettre de ça ?

– Tu joues au plus malin.

Sa main se glisse sous mon top, sa paume est immense, et je frissonne par avance.

– Tu es à moi ce soir, et tu le sais.

Il tire sur mon haut, me l'enlève en le passant par-dessus ma tête, avant de le balancer derrière lui.

– Tu as des seins parfaits.

Il pose les mains dessus, et je gémis ; j'adore sa façon de me pincer les tétons jusqu'à me faire mal, mais j'en veux plus.

– Dis-le, m'ordonne-t-il.

– De quoi est-ce que tu parles ?

Il retire ses mains, et ma peau frémit de froid.

– Que j'ai gagné, et que tu m'appartiens pour la nuit.

Il attrape le haut de mon pantalon et le fait descendre sur mes jambes, me laissant nue. Je halète quand il s'accroupit, et me regarde par en dessous.

– Tu ne m'as pas encore demandé d'arrêter.

Quand sa main remonte le long de ma cuisse et agrippe mon intimité brûlante, un gémissement s'échappe de mes lèvres.

– C'est bien ce que je pensais.

Bardhyl

*E*lle est complètement trempée et ses sécrétions me rendent dingue. Elle s'extirpe de son pantalon et je l'empoigne par les hanches. Puis je la retourne. Elle me regarde par-dessus son épaule, un air interrogateur dans ses yeux couleur bronze.

– Es-tu prête à le dire ? lui rappelé-je.

Comme elle ne répond pas, je fais courir ma main sur son dos et la force à se pencher en avant. Elle est spectaculaire, si stupéfiante, maintenant je comprends pourquoi Dušan et Lucien n'ont pas pu se retenir.

– Pose tes mains sur le mur.

Elle m'obéit, et j'écarte ses jambes du bout du pied avant de tomber à genoux.

– Brave petite. Maintenant, je veux t'entendre le dire.

Je la contemple en détail, vois ses lèvres roses

gonflées de désir. L'intérieur de ses cuisses brille de son désir.

Me penchant en avant, je prends son odeur en moi, tandis que mon loup s'avance, bien conscient qu'il a besoin de la revendiquer. Je le sens aussi, un peu plus qu'avant… et je réalise à présent que je me suis trompé en croyant avoir la moindre résistance à propos de Meira.

Mon loup grogne, amenant avec lui une sensation qui s'empare de ma poitrine.

Elle m'appartient. Elle est ma foutue partenaire, que je le veuille ou non. Nos loups sont destinés à être ensemble.

Putain de merde ! Ça complique les choses, pas vrai ?

– Arrête de m'allumer, gémit-elle. Tu as gagné. Est-ce que tu es content ? Maintenant, je t'en prie, Bardhyl, saute-moi.

Je souris : j'adore l'entendre prononcer ces mots.

– Pas encore, ma belle.

– Qu'est-ce que tu veux de plus ? Je te donne ce que tu veux. Tu peux m'étrangler, me gifler, me tirer les cheveux… n'importe quoi.

Son désir envoie des vagues d'excitation dans

tout mon corps, et ma hampe se dresse en une érection complète. C'est tellement douloureux, je meurs d'envie de me noyer en elle. Mais d'abord, je veux la goûter. J'empoigne ses fesses et les lui écarte pour la voir tout entière. Puis je presse ma bouche sur son intimité, le visage enfoui dans sa chaleur. On dirait un bonbon sucré, musqué, tout ce que j'aime.

Elle se met à gémir aussitôt. Je la dévore, tirant sur ses plis ; j'adore les bruits qu'elle fait, comment elle se frotte contre mon visage. Ma queue durcit, je meurs d'envie de la sauter. Je la dévore sauvagement, et ses cris enivrants m'excitent encore plus.

Je la lèche du pubis à la croupe, la prenant tout entière.

Elle tremble au-dessus de moi, je sens qu'elle est tout près de jouir, mais je ne veux pas la laisser faire. Pas encore. Alors je me retire.

Elle grogne en signe de protestation.

– Je t'avais dit, ma belle, que nous ferions ça à ma manière.

Je me remets sur pieds, et la redresse en même temps, son dos contre ma poitrine. Sur son épaule, ma bouche la lèche, la mordille. Elle me fait tellement tourner la tête que j'ai toutes les peines du monde à me retenir.

Je la porte à travers la grotte jusqu'au nid de feuillages qu'elle nous a aménagé.

Je la retourne dans mes bras et la dépose sur le dos. Elle me regarde, les joues rouges, et je lis la faim dans ses yeux. Mais il y a autre chose aussi. Son côté Oméga la contrôle.

Sa respiration est pénible, et elle étreint la douleur dans son ventre.

– Ton corps a envie d'un Alpha, et c'est ce que je vais être pour toi, petite Oméga. Et peut-être même que ça aidera ta louve.

– Ça ne fera aucune différence. Il y a quelque chose qui ne va pas chez moi. C'était une erreur.

Elle s'éloigne de moi.

Je lui saisis par le bras, l'obligeant à me faire face.

– Hé, ça suffit. Tu es tout pour moi.

Elle ricane.

– Pourquoi ? Je te l'ai déjà dit, je suis brisée, tu ne devrais pas vouloir de moi. Je suis une idiote de m'être laissée aller aussi loin, et de croire que…

Elle laisse les mots en suspens.

– Meira, je me fous complètement que tu sortes de l'enfer et que tu portes des cornes. Je plongerai dans les ténèbres pour toi, et avec toi.

Elle me regarde en clignant des yeux, en proie à l'incertitude.

– Écarte les jambes pour moi. Je vais te montrer.

Je vois la lutte intérieure dans son regard : elle veut me résister mais elle a largement passé le point de non-retour. Elle est énervée, sa louve est sur la brèche, et la douleur qu'elle ressent va empirer si elle ne fait rien pour soulager son excitation. Elle obéit, écarte les genoux. La lumière du feu danse sur son corps nu. Elle est trop belle.

Les choses ont changé à présent.

J'aurais dû le sentir avant, mais j'ai refusé de le faire.

Je ne dis pas que j'ai toutes les réponses, ni même que je suis prêt à gérer une partenaire, ou la réaction de Dušan.

Mais la réponse me scrute droit dans les yeux. Elle s'enroule autour de mon cœur comme des barbelés.

Peu importe ce qui arrivera demain, à cet instant, il n'y a que Meira qui compte.

Je tombe à genoux entre ses jambes ouvertes et me penche en avant, tandis qu'elle me contemple, vénérant ma déesse. Je reprends sa chaleur dans ma bouche une nouvelle fois, et elle se tord, gémissant plus fort, ses hanches basculant d'avant en arrière.

Elle a un goût d'euphorie, et je me laisse sombrer.

J'ai fréquenté assez de femmes pour savoir quand je tombe sur quelqu'un d'exceptionnel, et chaque coup de langue, chaque inspiration, chaque caresse que je lui fais renforcent le lien entre nous. L'énergie qui se rue dans mes veines me fait dresser les poils sur les bras.

Son excitation augmente rapidement tandis que j'enfonce un doigt en elle. Elle halète, cambre la poitrine, et putain, j'adore la façon dont son corps réagit.

– Bon sang, tu as si bon goût, grogné-je.

J'embrasse l'intérieur de ses cuisses tout en accélérant le va-et-vient de mon doigt. Elle est vraiment trempée, et j'ajoute un second doigt que je glisse en elle.

– Oh, Bardhyl…

Elle écarte encore plus les jambes, remue pour s'ajuster à mon rythme.

Meira est un mets délicieux, et j'accélère le rythme de mes doigts, m'enfonçant en elle qui avance son bassin à chaque poussée. Ses cris deviennent plus forts, plus intenses. Putain, elle est magnifique.

– Bon sang, tu es si serrée. Quand je vais planter ma queue en toi...

Elle hurle son orgasme ; je découvre les dents, et la mords juste au-dessus de son mont de Vénus, pour qu'elle puisse toujours voir ma marque.

J'ai le goût d'elle et de son sang, je l'ai en moi, nous sommes liés.

Son corps convulse, et ses cris magnifiques sont une douce musique à mes oreilles.

Avant qu'elle ne se calme enfin, je retire mes doigts poisseux et m'agenouille devant elle. Je m'essuie la bouche du dos de la main et contemple son intimité détrempée, le filet de sang qui coule de ma morsure, et cette magnifique femme nue, jambes écartées devant moi.

Elle se mordille la lèvre inférieure, me souriant d'une manière terriblement sexy. Bon sang, elle a tellement envie de ça !

Je glisse ma main sous sa croupe et la soulève légèrement, afin d'avoir un meilleur angle pour la prendre.

— Mon chou, tu sens terriblement bon et tu as un goût incroyable. Et je vais sauter ton petit minou étroit, grondé-je en empoignant ma hampe, avant d'en faire courir le bout le long de son intimité.

– J'ai envie de toi, admet-elle. Je t'en prie, me fais pas languir.

Mon cœur martèle ma poitrine à ces mots. J'entre en elle, doucement au départ, jusqu'à atteindre le bon endroit. Ses parois intimes se resserrent autour de moi, et je grogne d'envie d'aller plus avant.

Elle m'observe, les mains plantées dans la couverture de feuilles autour d'elle, les pupilles dilatées. Elle est terriblement sexy. Et elle en a besoin.

Je m'enfonce complètement en elle, et tombe en avant, les mains de chaque côté de ses épaules. Elle crie, et son corps se cambre. Doucement d'abord, je me retire, et la pénètre à nouveau, puis j'accélère mon rythme pour m'accorder à ses gémissements plus rapides. Elle enroule les mains autour de mes bras, se cramponne à moi.

Je la saute plus fort, la martèle de coups de reins. Un brasier m'enflamme, je grogne sous l'intensité de la sensation. Elle est petite mais me prend tout entier, et ses doux gémissements m'enveloppent comme une chaude couverture.

Elle gémit, entoure mes hanches de ses jambes.

Mon regard est captivé par ses seins qui rebondissent. Des vagues de béatitude roulent en moi, envoyant sur ma peau des frissons de puissance. Mon loup pousse en avant, appelant sa louve, la désirant ardemment.

Elle ne tarde pas à trépider, et rejette la tête en arrière quand l'orgasme la déchire. La contempler, la sentir se resserrer autour de moi, est la sensation la plus magnifique au monde. Et c'est alors que je réalise que je suis allé bien trop loin pour pouvoir jamais m'éloigner d'elle.

Le bout de ma queue enfle en elle. Je le sens pousser plus loin, se verrouiller en place : je la noue. C'est à ce moment que l'orgasme me frappe, courant en moi comme de l'eau bouillante, ma semence jaillit pour remplir Meira. Je siffle, mon corps bourdonnant d'extase. C'est comme ça que ça fonctionne entre les Alphas et les Omégas, c'est de cette façon que nous nous assurons que chaque rapport mène à la reproduction.

Un hurlement surgit de mes lèvres, mon corps se met à frissonner de manière incontrôlable. Des étincelles éclatent devant mes yeux, et j'emplis ma petite louve.

Quand je redescends enfin, je suis courbé au-dessus d'elle, enfoui profondément en elle. C'est

ainsi que nous resterons jusqu'à ce que le gonfle-
ment se résorbe.

Il nous faut plusieurs minutes à chacun pour
revenir à la réalité, nous réadapter à notre envi-
ronnement.

Nous avons le souffle court, et son sourire
répond au mien. À quatre pattes au-dessus d'elle, je
frotte mon nez contre le sien, comme les Eskimos,
et elle se met à rire. C'est un son délicat, qui vient
du creux de son ventre.

– Je suppose que tu n'as plus l'intention de
dormir après ça ?

Ses paroles sont cinglantes, et ses parois se
resserrent de temps à autre autour de ma hampe,
me faisant siffler, alors que je perds le peu de
retenue qui me reste.

– Si tu continues à m'allumer comme ça, à me
serrer, je vais te garder ici une semaine entière.

Elle écarquille les yeux.

– À mon avis, Dušan ne le prendrait pas très
bien.

Je hausse les épaules.

– D'abord, il faut qu'il nous trouve.

Je parle comme un imbécile, mais ma tête est
toujours embrumée de désir et la plus grande
partie de mon sang emplit ma hampe à cet instant.

Meira s'accroche à mes bras, ne faisant aucun effort pour reculer. Nos visages ne sont qu'à quelques centimètres et ses seins s'écrasent sur ma poitrine.

– C'est de ta faute, tu sais ? Ton idée stupide n'a pas si bien marché que ça.

– De mon point de vue, ça a parfaitement marché.

Elle me tire la langue, mais elle a toujours les yeux vitreux à cause de ses orgasmes.

– Est-ce que tu vas me dire ce qu'il en est de mes résultats sanguins ?

Elle murmure sa question comme si elle avait peur que je ne lui réponde pas.

– Demain matin, je le ferai. Pas maintenant.

Il m'est impossible de lui asséner de telles nouvelles alors que je suis complètement enfoui en elle, et que nous sommes coincés un petit moment ensemble. Je veux qu'elle se concentre sur la joie qu'elle vient d'éprouver, pas sur ce qui l'attend demain.

Des vagues d'énergie refont surface dans mes veines, l'essence de mon Alpha qui donne à son Oméga la force d'éliminer les douleurs qu'elle ressent. Nous sommes faits l'un pour l'autre, c'est aussi simple que ça. Peu importe à quel point

Dušan et Lucien seront furieux, je ne peux pas changer la nature des loups, et le fait que nous soyons aussi des âmes sœurs.

Après une longue pause, elle me demande :

– Tu m'as marquée, n'est-ce pas ?

– Bien sûr. Tu es mon âme sœur, Meira. Tu ne l'as pas senti ?

Sa prise se resserre.

– Pendant que nous faisions l'amour, j'ai ressenti la connexion comme avec Dušan et Lucien. Mais comment est-ce possible que j'aie trois partenaires ?

– C'est une pratique courante au Danemark. Les femmes prennent souvent plusieurs maris, et dans certains cas, les hommes peuvent avoir plusieurs femmes. Mais tout dépend du choix de nos loups, et d'à qui nous étions destinés dès la naissance.

– C'est plutôt profond, de penser que nos vies sont déjà toutes tracées.

J'embrasse son nez.

– Pour moi, c'est naturel. Nous étions faits pour être ensemble depuis le moment où nous avons poussé notre premier cri. Le plus dur, c'est de se retrouver.

Elle mordille sa lèvre inférieure, une habitude

que j'ai remarquée quand quelque chose la tracasse ; puis elle serre ma hampe en remuant.

– Putain, bébé, grogné-je. Si tu continues comme ça, je ne vais jamais pouvoir me retirer.

– Oups.

Elle a un sourire bien trop magnifique pour que je puisse être en colère après elle.

Je glisse un bras sous son dos et d'un mouvement souple, je roule sur le dos, l'emportant avec moi, ses jambes toujours autour de moi.

Maintenant, elle est allongée sur moi, et je suis toujours enfoncé dans son intimité magnifique.

Elle pose sa joue sur ma poitrine, et je l'enveloppe de mes bras. Je sens son cœur qui bat la chamade, j'entends la douceur de sa respiration. Il n'y a aucun autre endroit au monde où j'aimerais être. Pendant que nous sommes bloqués ensemble, elle s'adoucit, et j'aime aussi cet aspect d'elle. Nous ne pouvons pas nous battre en permanence.

– Raconte-moi une histoire, demande-t-elle.

Je la serre fort et je me lance :

– Il était une fois une louve, mais qui était tellement plus que ce qu'elle avait jamais imaginé, parce que, tu vois, elle était mi-bête, mi-humaine.

Elle lève la tête.

– Est-ce que cette histoire parle de moi ?

Je retiens un rire.

– Tu le sauras si tu te tais et tu écoutes.

Elle me tire la langue, et presse ses parois intimes pour prouver qu'elle a raison. Je soupire. Si elle continue comme ça, je vais lui donner la fessée.

*L*es bois répandent leurs ombres autour de moi. Dušan trotte à mes côtés, tous deux dans nos corps de loups, portant nos vêtements dans la gueule. Ma mâchoire se contracte, parce que je porte mes bottes aussi. Jadis, elles appartenaient à mon père, pas question que je les abandonne derrière moi. Il avait cette obsession au sujet des bottes de cowboy qu'il avait trouvées au bord de la route. Il les avait récupérées, et, étrangement, elles lui allaient tout à fait. Je l'ai perdu il y a bien longtemps, et les bottes sont tout ce qu'il me reste de lui.

Le matin apporte une chaleur bienvenue. L'orage s'est arrêté juste avant l'aube, mais la nuit a été terrible, avec des pluies diluviennes et des coups de tonnerre fracassants. Dušan et moi nous sommes abrités dans une vieille cabane abandonnée, et dans nos corps de loups, nous avons réussi à chasser le froid.

La pluie a emporté la plupart des odeurs, mais quand nous avons découvert le pont effondré, nous avons su que nous étions sur la bonne piste. Il y a un pont de cordes plus petit un peu plus loin sur l'arête du canyon, que j'ai découvert la dernière fois que je me suis aventuré dans ces bois, et Bardhyl ne doit pas être au courant. Ce qui veut dire qu'ils sont toujours de l'autre côté de la gorge. Nous traversons rapidement le pont étroit fait de cordes et de vieilles planches.

Bardhyl se serait fait dessus s'il avait dû le franchir. Dušan marche à pas vifs devant moi, faisant vaciller et trembler tout ce satané pont.

Puis nous courons le long de la gorge, supposant que Bardhyl a dû prendre la direction de la maison. Mon cœur s'accélère à l'idée de revoir Meira. J'ai bien l'intention de la garder auprès de moi à chaque instant, jusqu'à ce qu'elle accepte ce qu'elle représente à nos yeux, et que nous fuir ne marchera pas. Elle nous appartient, et nous lui appartenons. C'est juste qu'elle ne semble pas encore le réaliser.

Une brindille craque. Nous nous figeons. Je lève le nez et flaire, Dušan fait de même. La pluie fraîche. Le sol boueux. Et un loup. Une louve, plus précisément, qui dégage une forte odeur d'excitation. Meira. Mon cœur bat la chamade à la pensée de la retrouver.

Le vent froid nous cingle la figure, ce qui signifie qu'elle est droit devant.

Un coup d'œil à Dušan, et nous partons. Nous nous séparons pour couvrir plus de terrain.

L'air s'emplit de son odeur quand je la repère soudain, courant seule dans les bois à une dizaine de mètres. Mes muscles sont soulagés de l'avoir retrouvée, leur tension s'évanouit. Merci, putain ! Tout ce dont j'ai envie maintenant, c'est de l'attraper et l'embrasser jusqu'à ce qu'elle retrouve la raison.

Elle jette un œil par-dessus son épaule, sans s'arrêter. Est-ce qu'elle a semé Bardhyl si facilement ? Il devient négligent... ou alors quelque chose d'autre la pourchasse ? J'attends un moment, scrutant la forêt derrière elle, l'oreille aux aguets, mais rien ne vient.

Elle s'échappe. C'est ce qu'elle fait de mieux, ce qu'elle a toujours connu, et ça me brise de la voir recommencer après que nous lui avons tout offert.

La peur étrangle les gens, je comprends, mais c'est notre partenaire, notre âme sœur, et pour ça je combattrai jusqu'à la fin des temps pour la persuader que nous ne la laisserons pas s'éloigner de nous.

Plus encore.

Plus jamais.

Alors que je la regarde courir, un grognement s'échappe de ma poitrine. De l'autre côté, Dušan s'avance dans sa direction. C'est le signal que j'attendais, et je fonce vers elle.

Nous filons comme le vent.

Un minimum de bruit.

Nous chassons ce qui est à nous. Ce qui nous appartient.

Dušan la rejoint en premier et elle sursaute, un cri s'échappe de ses lèvres en le voyant sous sa forme de loup. Elle recule, heurte un arbre, se glisse autour du tronc – pour se retrouver face à moi. Je jette mes vêtements devant moi et rappelle mon loup.

– Non ! murmure-t-elle en regardant Dušan qui se tient en homme devant elle, nu. – Tu n'es pas censé être ici, reprend-elle, la voix tremblante.

Elle est vaincue, cela se voit sur son visage. Et mon cœur saigne de la voir déçue que nous l'ayons retrouvée. Ce n'est pas l'accueil auquel on s'attendez de la part de son âme sœur.

Mon corps tremble, mes os s'étirent, ma peau se déchire, et je supporte cette douleur atroce parce qu'elle s'en va aussi vite qu'elle est venue. La douleur va de pair avec le fait d'être un loup, et j'ai appris il y a bien longtemps qu'en avoir peur la rend bien pire. À présent je l'étreins. Plus le changement est douloureux, plus je suis puissant.

Je me relève dans ma forme humaine, et Meira reporte son attention sur moi ; les larmes dans ses yeux me brisent le cœur.

– Ça ne devait pas arriver, murmure-t-elle. Pourquoi êtes-vous tous incapables de le voir ? Je ne suis rien.

En trois longues enjambées, Dušan l'atteint et l'attrape par le bras. Mais elle le repousse.

J'enfile mon jean puis mon t-shirt à manches longues, et me glisse dans ma veste tout en chaussant mes bottes. J'avance en rectifiant mon t-shirt et ma veste, mon regard scrutant les environs à la recherche de Bardhyl. Rien. Il n'est pas dans les parages.

Quand Meira se tourne de nouveau vers moi, nos regards se percutent et des émotions mélangées dansent sur son visage. Mais c'est sa peur qui domine ses décisions.

– Tu n'as pas à avoir peur, dis-je en tendant un bras vers elle, mais elle secoue la tête.

– Ne fais pas ça. Ça me rend folle d'être là sans te toucher. Ce n'était pas aussi atroce avant.

Elle a le menton qui tremble alors que la réalité éclate dans sa tête.

– Si nous restons séparés, notre lien va se rompre. Il le faut.

Elle a les jambes qui tremblent, et Dušan la prend dans ses bras avant qu'elle ne tombe. Il est toujours nu, ce qui intensifie sa connexion avec Meira et l'aide à se remettre plus vite. L'énergie diffusée par mon Alpha et moi est écrasante. Les Omégas *ont soif* des Alphas. Elles en ont besoin pour survivre, et cela fait si longtemps qu'elle est loin de nous.

La douleur qu'elle ressent est telle que si quelqu'un avait craqué une allumette dans sa poitrine, répandant rapidement le feu, la brûlant de l'intérieur. Elle vient à force de rester trop longtemps loin de ceux avec qui vous êtes lié. C'est pour cette raison que nous ne pouvons pas la laisser s'enfuir, pourquoi elle a besoin de comprendre le danger.

– Tu vas aller mieux, maintenant, ronronne Dušan.

Elle se pelotonne contre sa poitrine. Elle a l'air si innocente et petite. L'opposé de ce qu'elle est habituellement.

Je suis mon Alpha hors des bois, ramassant ses vêtements par terre en passant, et nous gagnons un endroit inondé de soleil. Il tombe à genoux et la tient contre lui. Je m'agenouille devant lui et tends la main pour écarter une mèche de cheveux de son visage. Son odeur me frappe, lourde parce qu'elle est si proche. Des bonbons, tout comme dans mon souvenir, quand j'ai caressé son intimité de ma langue, mais il y a quelque chose d'autre. Une odeur masculine sur elle aussi. Celle de Bardhyl.

Il l'a revendiquée. Un feu s'embrase dans ma poitrine à l'idée qu'il a couché avec Meira. Je le connais depuis des années, il ne l'aurait pas forcée... Il n'oserait pas. Mais bon sang, qu'est-ce qui s'est passé ?

Je croise le regard de Dušan, et dans son regard je vois le reflet de mes sentiments.

L'odeur de Bardhyl est forte, elle me rappelle la neige et la terre. Chaque loup porte une signature unique et il n'y a aucune erreur possible : c'est bien lui qui était avec Meira.

Elle tourne la tête et me regarde, et j'oublie tout le reste. Mon instinct primaire se réveille, la sauvagerie, la familiarité avec ce que nous partageons. Elle le ressent aussi, notre connexion est comme un fil tendu sur le point de rompre.

– Tu nous as manqué, lui dis-je, mais elle grimace et s'écarte, se lovant dans les bras de Dušan.

– Laisse-lui du temps, dit-il.

Je jette les vêtements de Dušan près de lui et me relève, tout en observant les alentours, à la recherche d'un mouvement qui trahirait la présence de morts-vivants. Il lui faut du temps pour que s'apaise la douleur de nos retrouvailles, pour qu'elle réalise que ce que nous vivons est réel, et que ça ne partira pas. Je ne nie pas, par contre, que ça fait un mal de chien de la voir s'éloigner.

Mes pensées dérivent de nouveau vers ma première partenaire, Cataline, emportée par les morts-vivants. Quand elle est morte, j'ai eu l'impression que quelqu'un m'arrachait le cœur de la poitrine sous mes yeux. Je ne veux plus jamais revivre ça, et pourtant je suis là, connecté à Meira, et la même sensation m'envahit.

– Trouve-le, m'ordonne Dušan, et je sais exactement de qui il parle.

Je hoche la tête une fois, et repars dans la direction d'où Meira est venue. Je ne crois pas une seule seconde que Bardhyl ait forcé Meira, mais plutôt qu'ils ont eu une connexion similaire à celle que j'ai avec elle. Nos loups nous attirent comme des aimants, et il est impossible de résister à l'appel.

Nous sommes des animaux programmés pour nous reproduire. Il s'agit essentiellement de ça. Et parfois, cette connexion est scindée. Bardhyl m'a parlé de femmes qui prenaient plusieurs hommes pour partenaires au Danemark. Certes, cela me fait mal de devoir partager Meira avec deux hommes, parce que je suis un enfoiré avide – j'ai envie de la voler à tout le monde. Que ses autres partenaires soient mes meilleurs amis adoucit la douleur, cependant. Je ne les accepterais pas s'il s'agissait d'étrangers, ou pire encore, quelqu'un que je n'aimais pas. Mais je ne m'en irai pas si elle ajoute Bardhyl à notre relation. J'ai juste besoin de m'assurer que c'est bien ce qui s'est passé entre eux.

Cela fait plus de quinze minutes que je marche, et mon instinct me dit de retourner vers Dušan. Il est seul avec Meira, et dehors, c'est nous qui sommes vulnérables.

Quelques pas encore, et une falaise me contemple au loin.

Des grottes.

J'accélère et fonce dans la première. Elle est vide, tout comme les deux suivantes, mais dans la quatrième, je décroche le jackpot. Les effluves d'un feu s'attardent dans l'air, ainsi que l'odeur musquée du sexe. Des brindilles et une paire de bottes jonchent le sol, et il y a des restes calcinés d'un petit feu de camp.

Le soleil derrière moi éclaire une silhouette qui roule sur le dos, grognant comme un ours.

Bardhyl cligne des yeux sur moi.

– Lucien ?

– Tu t'attendais à qui, le Père Noël ? le taquiné-je en pénétrant dans la grotte.

Il m'avait dit une fois qu'il croyait au joyeux homme barbu quand il était plus jeune, jusqu'à ses douze ans.

Maintenant que je suis plus proche, je constate que ses poignets et ses chevilles sont entravés par des lianes. Je ris tandis qu'il gronde en réalisant que Meira a essayé de l'attacher. Il arrache les lianes à mains nues, grâce à sa force naturelle, puis se traîne sur le sol. Il est nu, et ses longs cheveux blonds ressemblent à un nid d'oiseau.

– Où est-elle ? grogne-t-il, redressant les épaules.

Sa respiration rapide gonfle sa poitrine, et son expression se transforme en un masque de terreur.

– Dušan est avec elle. Habille-toi, mec. Il faut qu'on y aille, ordonné-je.

Il plisse son large front en me regardant.

– Alors elle s'est enfuie ? Évidemment. Cette petite peste est vraiment dure à gérer.

Il se penche et ramasse son jean avant de l'enfiler, suivi de son t-shirt et de ses bottes.

– Bon sang, qu'est-ce qui s'est passé ici hier soir ?

J'ai besoin d'entendre la vérité de sa bouche. Il lève le menton vers moi.

– Putain, Lucien, elle s'infiltre sous ta peau. Et étant seul avec elle, je n'ai pas pu résister à l'attirance. (Il se rapproche, frottant ses doigts dans ses cheveux.) Je n'avais pas l'intention de la toucher. Mais sa louve a appelé mon loup, un appel comme je ne l'ai jamais ressenti.

Il me fait un sourire en coin qui lui donne l'air stupide, mais je sais exactement de quoi il parle.

– Tu l'as marquée ? lancé-je, avec un soupçon de jalousie dans la voix.

– Oui, admet-il immédiatement. (Bardhyl a toujours été franc. Il dit les choses comme elles sont.) Dès que j'ai senti qu'elle était mon âme sœur, j'ai laissé ma marque, en espérant que ça ferait sortir sa louve. Mais je n'ai pas eu cette chance.

– Merde. Je n'ai jamais croisé quelqu'un dans son état avant. Et si sa louve lançait des signaux à tous les Alphas, et que nous recevions nous aussi des signaux contradictoires ?

Bardhyl éclate de rire et me plaque la main sur l'épaule.

– Fais confiance aux loups, mon ami. Elle n'est peut-être pas tout à fait complète encore, mais nos loups sont plus malins que tu ne le penses. Le jeu de l'accouplement nécessite que les deux parties ressentent l'appel éternel.

J'écarte sa main et nous sortons au soleil. Meira m'a terriblement manqué, et maintenant je brûle de jalousie, mais c'est ma part d'ombre, et je dois la gérer. Si la louve de Meira a choisi Bardhyl, tout autant que Dušan et moi, alors nous sommes tous dans le même bateau.

Je lui saisis le bras.

– Juste un avertissement. Dušan sera peut-être furieux. Ton odeur est partout sur elle.

Bardhyl passe sa langue sur ses lèvres sèches et roule les épaules.

– Ce ne sera pas la première fois qu'on se disputera, lui et moi.

CHAPITRE 12

MEIRA

*J*e n'ai jamais vécu quelque chose d'aussi intense, douleur et désir en même temps. Mon corps frissonne, et mon seul soulagement c'est de me serrer le plus possible contre Dušan. Je n'arrive pas du tout à comprendre comment fonctionne mon côté louve, mais il est clair que je n'ai aucun contrôle.

– Ça va aller, me rassure-t-il, tandis que j'enlace son cou de mes bras.

Je hume son odeur et à chaque inspiration, la douleur se dissipe. Sa présence est comme de l'oxygène pour moi. Je prends tout ce que je peux et il me l'offre, sachant exactement ce qui m'aidera.

Je relève la tête et plante mon regard dans les yeux les plus bleus, plus vifs que le ciel au-dessus de nous. Ses cheveux noirs de jais flottent au-dessus de ses épaules, et maintenant je me rappelle pourquoi je suis tombée si facilement amoureuse de cet Alpha. Il est captivant et me fait oublier que je suis irrémédiablement brisée. Je me suis accouplée avec trois Alphas qui sont mes âmes sœurs, qui me font pleurer de désespoir quand je suis loin d'eux, et pourtant je les ai encore laissés tomber.

– Tu n'aurais pas dû prendre cette peine, murmuré-je, la gorge serrée.

– Je n'avais pas le choix, Meira. J'ai besoin de toi autant que de l'air que je respire, et je serais devenu cinglé si je ne t'avais pas retrouvée. Tu sais de quoi je parle, alors comment peux-tu dire ça ?

Mon pouls danse dans mon cou et j'ai les yeux qui piquent, je déteste ça. À un moment donné, j'ai enfin réussi à échapper à Bardhyl. Et l'instant d'après, je suis dans les bras de Dušan qui me noie dans ses attentions.

– Je ne suis pas assez pour toi, Dušan. Tu ne le vois pas ? Trois Alphas m'ont marquée, mais je ne suis pas encore assez bien. Ça n'a pas suffi à faire sortir ma louve.

Ma voix tremble tellement je me sens incomplète. C'est pour ça qu'il m'est plus simple de vivre seule. Personne ne me juge, ni ne me rappelle tout ce que je ne suis pas.

– J'ai tellement envie de t'entendre dire que tu as besoin de moi, que notre vie sera parfaite, mais je ne peux même pas te promettre que je serai là demain.

– Chut, ne dis pas de telles conneries, ronronne-t-il. On peut tout réparer.

– Tu ne m'écoutes pas.

Je repousse sa poitrine de mes mains et gigote pour me libérer de son emprise. Au début je vacille sur mes pieds, mais je réussis à rester debout sans aide.

– Ça me tue de vous quitter. Ma louve est une chienne bornée. Elle refuse de sortir, et pourtant elle me fait souffrir, me fait te désirer, insiste pour que je sois avec toi. Et puis quoi ?

Il tend la main vers moi en se levant, me dominant de sa haute taille. Mais je la repousse.

– Comment ça va marcher, Dušan ? (Je cale mes mains sur mes hanches.) On prétend que tout va bien, et puis une nuit, alors qu'on dort comme des bienheureux, ma louve décide de sortir de moi, me tue, et ensuite assassine mes Alphas ? Ou sinon, les loups vont se faire la guerre quand ils découvriront que je suis immunisée contre les morts-vivants, et qu'ils me verront comme une sorte de remède.

(J'essuie les larmes qui coulent au coin de mes yeux.)

– Pourquoi veux-tu vivre avec une bombe à retardement ?

Il m'agrippe le bras, m'attire à lui de force. Je trébuche et nos corps se percutent.

– Si je dois mourir, je n'imagine pas de meilleur moyen que par les dents de ta louve.

Je fronce les sourcils.

– Ne te moque pas de moi.

Il raffermit sa prise dans mon dos.

– Je pèse chaque mot, Meira. Mais ça n'arrivera pas. Il faut que l'on continue d'essayer de t'aider. Maintenant qu'on sait pourquoi tu es malade, ce sera sûrement la clé pour débloquer la situation avec ta louve.

Les paroles de Bardhyl au sujet de mes analyses de sang me reviennent.

– Qu'ont donné mes analyses ?

Au lieu de me répondre, il tourne la tête pour regarder par-dessus son épaule Lucien et Bardhyl arriver vers nous. Je me dégage des bras de Dušan, déchirée en tous sens, ballottée dans un méli-mélo d'émotions.

Rester.

Gagner du temps.

Fuir ces trois-là est impossible. Je n'ai plus cette option.

Ce que je veux, c'est savoir ce que Dušan a découvert dans mon sang. Il y a peut-être une chance pour ça que marche et me guérisse, par un quelconque miracle.

L'ambiance s'alourdit soudain quand Dušan se tourne vers Bardhyl, affichant une hostilité à laquelle je ne m'attendais pas.

– Viens ici ! aboie Dušan à Bardhyl, qui me jette un coup d'œil avant de s'éloigner avec son Alpha.

– Qu'est-ce qui se passe ? murmuré-je à Lucien, qui ne les regarde pas car il n'a d'yeux que pour moi.

– Tu as mal ? me demande-t-il.

Je secoue la tête.

– Dis-moi ce qui se passe entre eux.

Je n'avais pas l'intention d'être sèche, mais je ne veux pas que Bardhyl souffre à cause de ce que j'ai fait la nuit dernière. Ce qui est arrivé était consenti et mutuel. Et s'il est une de mes âmes sœurs, Dušan et Lucien doivent l'accepter.

– Dušan est le Véritable Alpha de Bardhyl, ce

qui signifie qu'il doit répondre de ses actes devant lui.

Je redresse la tête.

— Il doit lui répondre d'avoir été avec moi la nuit dernière ?

— D'avoir marqué ce qui lui appartient, acquiesce Lucien.

Un feu alimente mes paroles :

— D'après ce que je comprends, vous trois êtes à moi aussi bien que je suis à vous, alors nous devrions avoir notre mot à dire là-dessus.

— Tu as beaucoup trop écouté Bardhyl, sourit Lucien. Ce que fait la meute du Danemark, et ce que font les Loups Cendrés n'est pas toujours du même acabit. Mais ils vont trouver une solution, même si ça se solde par un combat.

Je me raidis.

— Mais qu'est-ce... ? Tu t'es battu avec Dušan, toi aussi ? C'est barbare !

Comme s'il ne pouvait pas tenir une seconde de plus, il m'attrape les bras et m'attire contre lui.

— Nous sommes des barbares, petit oiseau, et notre Alpha Dušan a le droit d'accepter ou de rejeter un autre homme pour sa promise.

— Mais c'est ma louve qui choisit !

— Et Dušan a le dernier mot, même si ça te brise

le cœur et celui de Bardhyl. La parole de Dušan a force de loi. Tu auras Dušan et tu m'auras moi, donc ta louve Oméga ne souffrira pas.

Je déteste entendre ça. La fureur ronfle dans ma poitrine, parce que ce que j'ai ressenti avec Bardhyl, c'était animal, et sauvage, et... eh bien... je ne sais pas quoi faire de mes sentiments, mais ce devrait être à moi de faire ce choix, pas à Dušan.

Je tourne les talons et prends la direction des bois où Dušan et Bardhyl ont disparu, quand des bras costauds se referment autour de ma taille et me soulèvent du sol.

– Je ne peux pas te laisser faire ça, murmure Lucien.

– Et pourquoi pas ?

– Fais-moi confiance. Parfois, les hommes ont juste besoin d'évacuer ce qu'ils ont sur le cœur, et ces deux Alphas ont des passés plutôt sombres qu'ils ne sont pas forcément prêts à partager avec toi.

Cette déclaration me laisse stupéfaite. Tout à coup j'ai l'impression de ne connaître aucun de ces hommes.

Je m'arrache à la prise de Lucien. Comment se fait-il que j'aie autant besoin d'eux, que leur présence élimine physiquement la douleur causée par leur absence, et que pourtant ils me soient tout à fait étrangers à un autre niveau ?

– Alors, c'est quoi ton sombre secret à toi ? lâché-je en le regardant de haut en bas. Ça a un rapport avec tes bottes de cowboy ?

Son visage perd un peu de ses couleurs devant ma question, c'est clair que je l'ai pris au dépourvu. Ses yeux gris acier ne cillent jamais, et la brise ébouriffe ses courts cheveux bruns. Il mesure un mètre quatre-vingt-dix, il est farouche et ardent, et tout en lui hurle *loup.* Mon attirance pour lui est née à la seconde où nous nous sommes rencontrés au bord de la route, quand il nous a récupérés, Dušan et moi. Même maintenant, debout devant lui, je ne pense qu'à me jeter dans ses bras, goûter ses lèvres, me rappeler comment il m'a revendiquée. Mais je reste sur mes positions, je veux des réponses. Lucien est tout ce que j'ai toujours désiré chez un homme, et il me regarde d'un air affamé.

Mais il ne bouge pas non plus.

– Les bottes, c'est tout ce qu'il me reste de mon père, finit-il par répondre. Et si tu veux savoir la vérité, j'ai perdu ma première partenaire il n'y a pas si longtemps, tuée par les morts-vivants. Alors ouais, on a tous des merdes dans notre passé,

Meira. Et on fait avec, de la seule manière que l'on connait. C'est pourquoi tu fuis, hein ? C'est ce que tu as toujours fait.

Je n'arrive ni à bouger ni à retrouver ma voix, et ce qu'il dit me pèse lourdement sur le cœur. Trop de questions se bousculent dans mon esprit, mais une seule se détache.

– T-tu as déjà trouvé ton âme sœur ?

Il se passe une main dans les cheveux, et baisse un moment les yeux sur ses pieds, avant de croiser mon regard.

– Jusqu'à ce que je te rencontre, je rêvais encore d'elle. On dit qu'une âme sœur, c'est pour la vie, mais ce n'est pas vrai. Regarde-nous. Nous avons tous des passés tordus, et nous sommes liés à toi.

Il se tient droit et ses iris orageux se fixent sur les miens, montrant clairement qu'il pense chaque mot qu'il vient de prononcer, du fond du cœur. Mais une partie de moi s'inquiète de ne pouvoir être à la hauteur de sa première partenaire. Il l'a aimée en premier, et elle sera toujours avec lui. Et si je n'étais pas assez bien ?

J'ai envie de m'excuser de m'être mise en colère après lui tout à l'heure, et de le prendre dans mes bras, parce que j'ai eu beaucoup de mal à rester éloignée des Alphas pendant quelques jours, et que ça aurait été bien pire sans Bardhyl à mes côtés. Je ne peux même pas imaginer ce que ça a dû lui faire de la perdre. Mais la pensée de perdre sa partenaire me ramène au chagrin que j'ai éprouvé quand j'ai perdu ma mère. C'était il y a bien longtemps, et pourtant j'ai l'impression que c'est arrivé hier, et que cette douleur familière ressurgit dans ma poitrine.

Me rapprochant de lui, je glisse mes mains dans les siennes, entrelaçant nos doigts, et je le tiens ainsi, parce qu'aucun mot ne peut apaiser le chagrin.

Trois Alphas, tous semblables, et pourtant si différents.

Dušan est celui qui commande, qui domine, qui ne baisse jamais sa garde.

Lucien apporte la patience et l'entente à notre groupe, mais il y a ce feu dans ses yeux qui le rend imprévisible.

Bardhyl, c'est le drôle de la bande, mais il utilise l'humour pour dissimuler sa vraie personnalité. C'est tellement évident.

Et moi… je complète ce cercle de marginaux en étant brisée et perdue.

Peut-être que je suis à ma place parmi eux trois.

Après tout, on essaie tous de trouver notre place dans ce monde, non ?

Un hurlement perçant brise le silence. Je tressaille et tourne la tête vers les bois où Dušan et Bardhyl ont disparu.

La peur fulgure en moi, et je pars en courant vers eux.

– Meira ! crie Lucien, ses pas martelant le sol sur mes talons.

Il m'attrape le bras et me retourne, mais ma fureur se déchaîne.

Je claque mes paumes sur son torse, ce qui le surprend, à en juger par ses yeux écarquillés, mais il ne me lâche pas. Pantelante, je ne pense qu'à Dušan qui doit être en train de frapper Bardhyl, décidant *pour moi* d'avec qui je peux ou ne peux pas être. La tension qui monte me pousse à me dégager.

– Laisse-moi ! Il va faire du mal à Bardhyl !

Lucien se met à rire à mes dépens.

– Meira, il faudrait toute une armée pour faire du mal physiquement à Bardhyl. C'est la première chose que tu dois savoir au sujet de ton guerrier viking. Maintenant viens ici.

Il me secoue rudement et me fait pivoter, plaquant sa poitrine contre mon dos, ses bras me bloquant les épaules.

– Alors pourquoi je ne peux pas aller...

Deux loups surgissent des bois avec une telle férocité que je tressaille contre Lucien, bouche bée. L'un est noir comme la nuit – Dušan – et l'autre a le pelage le plus blanc que j'aie jamais vu, les oreilles bordées de noir – Bardhyl. Ensemble, ils forment une boule confuse de dents et de grognements, la bataille est sauvage.

Mon cœur martèle ma poitrine et je me raidis, mais je ne recule pas. Les lèvres de Lucien sont tout contre mon oreille.

– Le truc avec les Loups Cendrés, c'est que la plupart des soucis entre les Alphas se résolvent par une bagarre.

Je frissonne et serre les dents.

– Bon sang, pourquoi Dušan n'accepte pas Bardhyl ? C'est mon choix !

Lutter contre Lucien ne m'aide en rien à me libérer.

– Bien au contraire, murmure-t-il, le menton posé sur mon épaule. Regarde-les se battre. C'est du vent. Il n'y a pas de sang. C'est une lutte de pouvoir, et d'agressivité, et pour reconfirmer la hiérarchie. Bardhyl a pris quelque chose qui appartenait à l'Alpha, et maintenant Dušan doit rétablir sa position avant d'accepter que le Viking soit avec toi. Bardhyl doit s'agenouiller.

Plus j'observe et plus je remarque qu'il a raison. Tous deux roulent emmêlés au sol, mordant le cou, les flancs, la peau de l'autre, arrachant un peu de fourrure, mais sans faire couler le sang.

En voyant cela sous cette nouvelle perspective, il y a une sorte de beauté agressive dans ce combat.

Je ne comprends pas la plupart des règles de la meute, ni les luttes de pouvoir, mais j'apprends lentement de nouvelles choses chaque jour. Des choses que j'ai ratées parce que j'ai grandi entourée surtout de femmes, et ensuite seule.

Dušan bondit sur la nuque de Bardhyl et le jette au sol avec une force incroyable. Bardhyl glisse contre un arbre et reste à terre, tandis que son Alpha trotte vers lui et le flaire.

– Regarde ça, dit Lucien. Normalement, il devrait hurler sa victoire, mais ça ne jouerait pas en notre faveur ici.

Je déglutis avec difficulté en voyant Bardhyl se redresser, tête basse, et passer devant son Alpha pour s'enfoncer dans les bois sombres. Quelques instants plus tard, Dušan vient vers nous. Son corps tremble pendant qu'il reprend son apparence humaine, se transformant si vite qu'au troisième pas, il est complètement redevenu homme. Sa fourrure a disparu, ses traits ont recouvré leur beauté naturelle.

Des morsures et des ecchymoses marquent son corps, mais ça ne l'empêche pas d'être puissant, et totalement nu. Mon regard tombe sur la touffe de poils noirs au-dessus de son membre flasque, mais toujours aussi gros… et bien entendu, je manque de la plus élémentaire discrétion.

Il me surprend en train de le mater, et mes joues s'empourprent.

Je remue pour me dégager des bras de Lucien, mais il me tient bien, tandis que Dušan approche. Il s'arrête à quelques centimètres de moi, m'agrippe le menton, m'oblige à lui faire face. Une égratignure fraîche rougit sous son œil. Il n'a d'yeux que pour moi.

Coincée entre ces deux Alphas, j'ai envie de demander ce qu'il en est de Bardhyl, s'il va revenir, mais au lieu de ça, je me perds dans le regard hypnotique et sauvage de Dušan. Mon corps bourdonne d'énergie, de leur énergie qui se mêle à la mienne.

– Tu as choisi trois d'entre nous comme partenaires, et je l'accepte. Mais ça suffit, compris ? grogne-t-il.

– Ce n'est pas comme si j'en avais consciemment voulu trois, réponds-je, tendue.

J'ignore si c'est le cas ou non, mais ma louve semble en chaleur quand elle est près de ces trois Alphas.

– Peut-être pas, mais je n'en tolérerai pas d'autre.

Bardhyl revient parmi nous, déjà rhabillé, tête baissée. Je trouve fascinants la loyauté et le dévouement des loups envers leur Alpha.

Dušan laisse échapper un profond grognement guttural, empli de domination et de désir sexuel, afin de nous rappeler nos positions dans sa meute. Je sens les vibrations de sa puissance comme jamais auparavant, et mon souffle se bloque dans ma gorge.

Il fait un signe de tête à Lucien, qui me libère, et c'est Dušan qui s'empare de moi à présent, me tenant par le cou, m'attirant à lui. Nos lèvres se heurtent avec un appétit sauvage. Et tout comme il a remis Bardhyl à sa place, je sais exactement ce qui m'attend.

Ses canines m'entaillent la lèvre, et il lèche mon sang ; le pincement me pique. Ses mains raffermissent leur prise sur mes hanches. J'arrive à peine à respirer à cause de la chaleur qu'il déverse en moi.

– Tu m'appartiens, grogne-t-il dans ma bouche.

Il se retire en me dardant un regard de loup.

Mon instinct veut que je l'embrasse encore plus fort, mais je reste à ma place devant lui. Ma louve les a choisis, lui et les autres, donc ça veut dire qu'il faut trouver un moyen pour que ça fonctionne.

– Nous devrions partir, dit Lucien, brisant la tension qui monte.

La façon dont Dušan a empoigné mon haut me fait penser qu'il aurait pu tout aussi bien l'arracher ici et maintenant.

– Le temps ne joue pas en notre faveur avec sa maladie, enchaîne Lucien.

Maladie ? Mon sang se fige dans mes veines. Je me retourne, entourée de mes trois métamorphes, et regarde chacun d'entre eux.

– Qu'ont montré mes tests sanguins ? demandé-je, croisant leurs regards à tous les trois.

– Elle n'est pas encore au courant ? demande Dušan à Bardhyl.

– Non, répond Bardhyl d'un ton sec.

– Est-ce le bon endroit pour le faire ? questionne Lucien.

– Bon sang, oui ! éclaté-je, m'interposant. Je ne bougerai pas d'ici tant que vous ne me l'aurez pas dit.

J'ai peut-être l'air comique, puisque tous trois rient de moi, mais je n'apprécie pas que l'on se moque de me défendre devant trois hommes puissants.

Je plante mes pieds dans le sol.

– Je ne plaisante pas, balancé-je. Que quelqu'un me dise ce qui se passe, bon sang.

Ils échangent des regards, et c'est finalement Dušan qui prend mon visage en coupe dans ses mains et se penche vers moi.

– Meira, commence-t-il tendrement, et je devine déjà qu'il va dire quelque chose de terrible.

– Dis-le. N'enrobe pas les choses, je t'en prie.

Mon estomac se contracte. Plus ils prennent de temps à m'avouer la vérité, pires sont les scénarios qui me traversent l'esprit.

Il m'embrasse sur la bouche, puis s'écarte avec un air de regret.

– Meira, ma puce, tu as une leucémie.

— Oh, Meira, murmure Dušan, glissant ses mains sur mes épaules.

Sa tentative de sourire se solde par un échec et lui donne l'air de se sentir coupable, comme s'il était responsable du diagnostic.

– C'est pour ça qu'on devait te retrouver très vite. La maladie se propage lentement dans ton corps humain, et ta louve est ta seule façon de survivre.

Un jour, je me suis abritée dans une vieille bibliothèque et j'ai lu des choses sur les maladies humaines. Le bâtiment avait été saccagé mais il restait encore quelques livres. D'après mes souvenirs, c'est un trouble sanguin, un cancer des cellules du sang. Il empêche le corps de se défendre contre les bactéries, les virus, et... je sais qu'il y avait d'autres choses dans le livre, mais je ne parviens pas à m'en souvenir.

– Meira, répète doucement Dušan.

Tandis que j'assimile l'information, les larmes se mettent à couler. Je dois avoir fait quelque chose d'affreux dans ma vie précédente pour avoir tant de malchance dans celle-ci.

Je sanglote dans mes mains et Dušan me prend dans ses bras, son menton sur ma tête, sa main me frottant le dos. Il est toujours nu, comme si c'était naturel, et je m'effondre contre lui. Tout me semble surréaliste. Il embrasse mon front et mes doigts. Mais tout ce à quoi je pense, c'est que si ma louve était sortie, ça aurait tout résolu.

– C'est la leucémie qui t'immunise contre les morts-vivants, et ton côté louve t'a gardée en vie jusqu'ici.

Je lève le menton et baisse les mains. Il essuie mes larmes de ses pouces.

– Tes résultats ont montré que ton corps humain commence à céder, et...

Il passe sa langue sur ses lèvres, il a l'air d'avoir du mal à trouver ses mots.

– Qu'est-ce qu'il y a ? demandé-je.

Je veux savoir exactement ce qui se passe en moi.

Lucien et Bardhyl s'approchent de nous, et m'entourent chacun d'un côté.

– La maladie progresse vite, murmure Dušan. D'ici une semaine ou deux, elle se propagera à tes organes. C'est pour cette raison que tu as vomi du sang, et pour ça que nous devons trouver un moyen de faire sortir ta louve.

La peur s'infiltre sous ma peau. C'est une chose d'entendre que je souffre d'une maladie qui peut empêcher ma louve de sortir, mais maintenant on me dit qu'il me reste deux semaines à vivre, tout au plus. Je n'arrive pas à intégrer la nouvelle. Dire que je m'inquiétais du fait que rester avec les Alphas pouvait les mettre en danger, alors qu'un plus grand péril me guettait.

Je n'arrive pas à respirer. Mes genoux faiblissent, menaçant de se dérober.

Comme si ma maladie voulait me rappeler que toute cette merde est bien réelle, une douleur terrible se répand dans tout mon corps, déchirante, comme si on me fouettait.

Mes jambes cèdent et je pleure, serrant mon ventre. Je me plie en deux et la souffrance jaillit de ma gorge, mouchetant l'herbe de sang. Je me sens mieux de l'avoir évacuée de mon corps, mais ça n'enlève rien à la réalité merdique de ma situation.

À mes côtés, Lucien retient mes cheveux sur mes épaules.

Tout m'est insupportable à cet instant. Mes membres s'engourdissent et mon regard va d'un Alpha à l'autre, chacun m'offrant de l'espoir. Mais je sens qu'ils ont peur eux aussi qu'il ne soit déjà trop tard. Comment les choses ont-elles pu dégénérer à ce point ?

J'ai été différente toute ma vie, ce qui ne m'a jamais arrêtée.

Je lève les yeux, m'essuyant la bouche avec ma manche, et je cille devant mes trois hommes.

De puissants Alphas, qui sont là pour m'aider.

Ils ne me doivent rien, mais ils ne se détournent pas. La brûlure persiste dans ma poitrine, mais elle est moins douloureuse à présent.

Les secondes s'égrènent dans mon esprit.

Bardhyl m'offre un sourire rassurant, et Lucien ôte sa veste et me la tend pour que je la mette, pendant que Dušan s'habille. Puis il me tend la main.

– Rentrons à la maison.

Je doute que les choses soient jamais les mêmes à présent. Comment le pourraient-elles ? J'ai essayé de revenir à ma vie d'avant, croyant faire ce qu'il fallait. Mais j'avais tort.

Alors maintenant je vais écouter les conseils de ces loups, et essayer à leur manière. Je glisse les bras dans la veste de cuir noir de Lucien. Elle m'inonde de chaleur, et sa senteur de loup est comme une couverture rassurante qui me protège. Elle m'arrive aux cuisses et repousse le froid. Puis je prends la main de Dušan.

– Je suis prête, admets-je.

Prête à survivre. Après tout, il y a deux options qui s'offrent à moi, n'est-ce pas ? Celle où je continue de suivre les instructions de maman : continuer à courir, ne faire confiance à personne, utiliser mes propres ressources pour survivre. Et celle où je place toute ma confiance dans ces Alphas dominateurs et têtus, qui ne m'abandonneront pas. Qui m'ont promis un nouveau monde.

À moi.

Meira.

La fille solitaire qui vivait en marge du monde.

Qui a maintenant terriblement envie de trouver un moyen de survivre dans le Territoire des Ombres, alors que tout concourt à me tuer à chaque instant.

Je serre la main de Dušan, pour qu'il sache que

je suis prête à le suivre. C'est ma dernière chance, alors je la saisis.

Il m'offre un sourire qui me réchauffe le cœur et plonge direct dans mon âme.

– La première chose que je vais faire, c'est manger la moitié d'un damné sanglier, déclare Lucien.

– Rien que la moitié ? glousse Bardhyl. Tu te ramollis.

Leurs plaisanteries me réconfortent, comme si j'avais ma place ici d'une certaine façon, même si en mon for intérieur, j'ai des sentiments mitigés. Je connais à peine ces Alphas, même après tout ce que nous avons traversé. C'est nouveau pour moi, et céder n'est pas dans mes habitudes.

Mais aller avec eux... À cet instant, ça ne me donne pas l'impression de *céder*. Ça me donne de l'espoir.

Dušan

*P*utain.

Le mot tourne en boucle dans mon esprit. Jamais je n'aurais pensé que Meira pourrait trouver encore un autre partenaire. Je n'en avais vu aucun signe à la forteresse.

Les âmes sœurs, c'est pour la vie.

Ce lien n'existe pas seulement entre Meira et moi, mais aussi avec Lucien et Bardhyl.

Je ne croise pas le fer, et je suis sûr qu'eux non plus, mais ce n'est pas ça qui me chagrine. C'est de ne pas avoir Meira pour moi seul chaque fois que j'aurai besoin d'elle.

Bon sang, qu'est-ce que je suis censé faire ? Ces hommes sont mes plus proches amis, et je ne veux pas les perdre, ni que Meira me déteste parce que je lui aurais interdit d'être avec eux.

Oui, la situation est merdique, et putain, oui, je suis jaloux. Mais comme pour la plupart des choses dans ma vie qui ne se déroulent pas comme prévu – et il y en a beaucoup – j'improvise.

Cela fait quelques heures que nous marchons à présent, et je ne peux m'empêcher de regarder Meira, malgré tous mes efforts. Je l'ai à l'esprit en permanence. Et ça m'agace terriblement de ne pas savoir comment nous allons gérer notre situation.

Des droits de visite ? Putain, non. La décision me reviendra quand nous serons arrivés à la maison, alors je repousse ces idées pour le moment.

La priorité, c'est d'arriver chez nous en un seul morceau et de trouver un moyen de la sauver. D'ici là, je ne veux surtout pas qu'elle pense que je suis un enfoiré. Je ravale ma jalousie et me distrais en surveillant les bois que nous traversons, écoutant les bruits, guettant tout ce qui pourrait nous donner un avantage pour filer d'ici rapidement.

J'ai envie d'elle, une envie sauvage et pressante de la prendre dans mes bras et la revendiquer, là tout de suite contre un arbre. L'envie de la déshabiller et la sauter, pour qu'elle se souvienne que son Alpha grandit à travers moi.

Le timing est pourri.

Le lieu est pourri.

Merde, j'ai juste besoin d'une pause, une minute pour que tout ça cesse d'être chiant.

Lucien ouvre la marche, Bardhyl la ferme, et nous marchons en silence.

Ses yeux papillonnent dans ma direction, puis se détournent quand je la surprends en train de me regarder. Que pense-t-elle ? Que je suis un monstre ?

Nous vivons dans un monde peuplé de créatures sombres, et pour survivre, il faut en devenir une. Soit elle l'accepte, soit elle aura du mal à trouver le bonheur.

Bordel de merde. Il faut que je mette de l'ordre dans ma tête, que j'arrête de gémir.

Nous sommes sous le vent, et une nouvelle bourrasque nous amène une nouvelle odeur... pelage de chien mouillé, musc, transpiration.

Des loups.

Je serre les poings, et la fureur monte en même temps que mon loup. La présence de loups intrus sur nos terres est un geste hostile, une déclaration de guerre contre nous.

Nous cessons de marcher à l'unisson. Lucien lève la tête, hume profondément.

– Ils sont au moins cinq ou six. Une petite meute.

Je serre la main de Meira, l'attire à moi.

– Des loups sauvages ? murmure-t-elle.

– Ces salauds vont rarement en meutes, et jamais en si grand nombre. (Je jette un œil à Bardhyl par-dessus mon épaule.) – Repère la meute, lui ordonné-je.

Il lève le menton, serre la mâchoire.

– Tu crois que c'est relié à Mad, d'une façon ou d'une autre ?

– J'en doute, mais je n'écarte aucune possibilité pour le moment. Ils ne doivent pas avoir encore repéré notre odeur, donc on a la surprise pour nous.

Avec un hochement de tête, Bardhyl s'écarte de nous puis s'élance dans les bois sans un bruit.

La peur me fait dresser les poils sur la nuque. Pas pour moi, mais pour Meira. Nous n'avons pas de temps pour ces conneries, et je ne veux pas qu'elle soit blessée.

– Où qu'on aille, ils traqueront son odeur, remarque Lucien.

– Alors on va se battre et leur arracher leurs foutues têtes. (Je respire rapidement, et mon loup se hérisse à l'idée d'une bataille.) – Et on garde un œil sur Meira à tout instant.

– Si on pouvait repérer des morts-vivants, je pourrais peut-être me cacher parmi eux si nous les attachons ? suggère-t-elle.

– J'adore l'idée, mais on n'en a rencontré aucun. Restons discrets jusqu'au retour de Bardhyl.

Lucien s'élance devant nous en quête d'un endroit sûr. Nous connaissons l'exercice, pour l'avoir pratiqué bien trop souvent quand nous chassions les Omégas. Nous avons déjà subi des embuscades de loups sauvages, mais nous n'avons jamais eu de meute sur nos terres.

Mes muscles se nouent et une bouffée de colère me secoue.

– J'ai besoin d'une arme, déclare Meira.

Je sors un couteau de l'arrière de ma ceinture et le lui tends, manche en avant.

– N'hésite pas à t'en servir. Ne laisse aucune chance à l'ennemi. Dès que t'en as l'occasion, tu frappes. (Je passe une main dans ses cheveux et l'attire plus près de moi.) – Il ne va rien t'arriver, je t'en donne ma parole.

– Est-ce qu'elle a un nom ? demande-t-elle en me montrant ma lame.

J'ai envie de rire à cette mignonne question.

– Non, mais je l'ai toujours vu comme un mâle et pas une femelle.

Elle étudie le manche de cuir, et passe son pouce dessus.

– Pour moi, ce serait plutôt féminin.

Je la regarde, ne sachant pas si elle est en train de m'insulter moi, ou le couteau militaire, épais et effilé à une extrémité, mais je laisse filer.

– Tu peux l'appeler comme tu veux, bébé, du moment que tu l'utilises au moment opportun.

La prenant par l'épaule, je la guide vers une

partie ombragée des bois, où l'humidité stagne dans l'air et masquera facilement notre odeur.

Lucien revient vers nous quelques instants plus tard, les yeux écarquillés, hochant la tête.

– Il y a une vieille ferme en bas de la colline, près de la rivière. Mais en y descendant, on se ferait repérer, donc pour l'instant ce n'est pas une option.

– Alors on reste discret et on attend, intimé-je.

Meira cale mon couteau dans sa botte, et nous nous mettons à genoux derrière plusieurs gros arbustes. Ils nous dissimuleront au cas où quelqu'un passerait dans le coin. Le problème, c'est plutôt l'odeur dégagée par ma petite Oméga, qui appelle les autres comme la cloche annonçant le dîner.

D'abord, trouver à quoi nous avons affaire, ensuite, en finir avec ça. Nous sommes trop loin de notre enceinte, mais j'ai avec moi deux de mes plus forts guerriers. Je ne serais pas contre un bon combat à cet instant.

Meira se mordille la lèvre inférieure, scrutant les bois autour de nous. — Si nous pouvons les contourner, ce serait peut-être mieux, suggère-t-elle.

Sauf que ce n'est pas le monde dans lequel je

vis. S'enfuir n'est pas une option. Les intrus sont dans mon jardin, et personne d'autre ne les chassera avant qu'ils ne fassent des dégâts. Mon pouls bat la chamade, mon cœur est dopé à l'adrénaline par ce qui vient vers nous, et putain, j'ai hâte.

– Nous ne fuyons jamais l'ennemi, murmure Lucien à Meira. Nous nous battons toujours.

– Quand nous rentrerons, je veux que quelqu'un m'apprenne à me battre correctement et à utiliser des armes, dit-elle.

Bon sang, je pourrais l'aimer rien que pour ça. Je me penche et l'embrasse sur la joue, puis glisse vers ses lèvres.

– Je suis ton homme.

Le craquement d'une feuille attire mon attention derrière moi. Je lève la tête, poings serrés, prêt à plonger, et Lucien fait de même.

Bardhyl surgit hors de l'ombre, et je me relève pour le rejoindre.

– Sept mâles, prévient-il. Deux Alphas, les autres sont des Betas. Ils viennent par ici.

– Bien. On se déploie et on attend, puis on leur saute dessus. On s'occupe des Alphas en premier.

J'agite les mains pour montrer à mes hommes les meilleurs endroits où se poster pour attendre avant d'attaquer.

La direction du vent joue en notre faveur, et j'ai envie qu'on en termine rapidement.

Je m'accroupis de nouveau auprès de Meira.

– Reste ici. Je ne serai pas loin. Si l'un d'eux s'approche de toi, tu hurles.

Elle hoche rapidement la tête, un peu pâle. Je ne lui reproche pas d'avoir peur. J'en ai trop marre de ces complications qui nous empêchent de rentrer à la maison.

Je l'embrasse sur le front et la laissant à genoux, je bondis sur mes pieds, prêt à tout.

Il se passe à peine une fraction de seconde avant qu'un grondement guttural ne surgisse derrière moi.

Le sang quitte mon visage, et je pivote face à un énorme métamorphe sauvage qui se tient au-dessus de ma Meira terrorisée, babines retroussées, oreilles rabattues, un grognement roulant dans sa poitrine. L'enfoiré... Il a vraiment l'intention de s'emparer de Meira.

CHAPITRE 14

MEIRA

*J*e plante mes doigts dans le sol meuble. Mon cœur me remonte à la gorge et le froid m'envahit, me ramenant la réalité de la merde dans laquelle je suis.

Je tressaille et regarde par-dessus mon épaule : un loup gris se tient à quelques centimètres derrière moi. Son souffle chaud me balaie le dos, son grondement résonne tellement fort qu'il vibre en moi. Je n'arrête pas de trembler. Je reporte mon regard sur Dušan à deux mètres de moi, pâle comme un mort. Bardhyl n'est pas loin, et j'ignore où est Lucien.

Dušan se raidit, épaules en avant, et sous mes yeux, son attitude se transforme en celle d'un puissant Alpha. La colère a envahi ses traits à présent, et un rictus tord sa lèvre supérieure.

– Qu'est-ce que tu fous sur mes terres ? aboie Dušan très fort, les narines dilatées, la voix chargée de menace.

Des ombres s'accumulent dans ses yeux, et pour rien au monde je ne voudrais le croiser quand il a l'air furieux à ce point. Mais à cet instant j'en suis ravie, j'ai envie qu'il réduise en miettes la créature qui se dresse au-dessus de moi.

– Tu n'auras qu'une seule chance, le prévient Dušan.

L'air se charge de l'odeur de son loup et de l'énergie d'une transformation imminente. Ses yeux ont déjà pris l'aspect de ceux de son loup.

Ma peau est couverte de chair de poule, à me retrouver au milieu de cette guerre. La peur enfle dans mon esprit, s'infiltre dans mes veines, sauf que je ne suis plus seule maintenant. J'ai trois Alphas qui se battront pour moi... *avec* moi.

Je sens le poids du couteau dans ma botte, mais je ne l'attrape pas, pas encore. Je reste agenouillée sur le sol, attendant le bon moment. Mais je n'ai aucune idée de quand ça sera.

Personne n'ose bouger d'un millimètre.

Des ombres se faufilent dans les bois qui nous

entourent, nous encerclent, nous coincent. Encore des loups.

J'ai envie de prévenir mes hommes, mais je ne me fais pas d'illusions, mes Alphas sont déjà au courant pour les autres intrus.

Mon cœur s'accélère.

Et dans un moment de silence insensé, tout change.

Des pas lourds martèlent le sol à ma droite. Je me tourne juste au moment où Lucien, dans son corps d'homme, plonge vers le loup derrière moi.

Il le percute et l'entraîne, mais ça n'empêche pas l'ennemi de me morde à l'épaule.

Une douleur aiguë transperce ma chair et mon cri déchire l'air alors que je suis entraînée vers le bas par le mouvement.

Je me noie dans la douleur quand un tumulte explose autour de moi. J'atterris durement par terre, sur le point de crier d'exaspération de toujours être blessée, en danger.

Pendant ces quelques secondes, je ne ressens rien d'autre que la poussée d'adrénaline qui m'envahit.

Je bondis sur mes pieds, la main sur la botte. Couteau en main, je titube en arrière, secouée de frissons.

Lucien étrangle à mains nues le loup qui danse sur ses pieds, et la terreur qui s'abat sur moi me coupe le souffle.

Des bruits de bagarre éclatent de l'autre côté. Je me retourne et vois Dušan combattre deux loups. Bardhyl, sous sa forme de loup blanc, rugit de fureur quand deux autres loups le percutent.

Je devrais aller l'aider, mais je n'arrive même pas à tenir debout.

Une ombre surgit à ma droite, je me tourne vers elle. Un loup brun aux yeux sombres et aux oreilles couronnées de blanc s'avance sur moi. Je lève mon arme car je ne suis pas assez rapide pour le distancer. De plus, je sais qu'il ne vaut mieux pas courir. Cela ne ferait qu'augmenter le désir du loup de me dominer. Mais ça n'empêche pas mes jambes de trembler.

– Ne t'approche pas plus, le menacé-je.

Mes doigts agrippent fermement le manche du couteau, au point que mes jointures blanchissent.

C'est mon combat, autant que celui des Alphas. Je m'approche d'un pin, sans jamais quitter l'ennemi des yeux.

La tête basse, il s'approche encore, et un profond son guttural s'échappe de sa poitrine. Je me détourne, le souffle coupé par une peur irrépressible qui me serre la poitrine.

Soudain il charge.

Un cri involontaire s'échappe de ma gorge quand je frappe avec la lame, qui tranche le côté de son museau.

Il grogne et me rentre dedans, me faisant tomber. En deux secondes, Lucien dégage le loup de moi.

Je me précipite à reculons, assise sur le sol de la forêt, en quête d'air.

Lucien soulève le loup et le balance loin de moi. Mais comment peut-il être aussi fort ?

Il est à mes côtés, du sang coule de coupures au cou et au bras. Il sourit comme si, d'une manière ou d'une autre, tout allait bien se passer. À cet instant précis, une douleur cuisante venant de ma morsure à l'épaule m'envahit, comme si on avait versé de l'eau bouillante sur ma peau. Je grimace en voyant le sang qui tache mon haut.

– Reste près de moi.

Lucien respire avec effort. Il m'attrape par le poignet, me hisse à ses côtés.

Dušan hurle sa victoire, deux loups morts à ses pieds, puis s'élance aider Bardhyl, le loup blanc étant cerné par quatre assaillants. Lucien ne va pas l'aider, il me garde près de lui. Le vertige m'envahit par peur que nous soyons tous capturés.

C'est alors qu'un sifflement perçant retentit dans les bois.

Nous nous figeons, attentifs au moindre bruit.

Une silhouette sort de l'ombre, un métamorphe sous sa forme humaine, vêtu d'un jean et d'un sweat à capuche gris. L'étranger est grand, peut-être pas aussi imposant que mes hommes, mais il dégage une certaine énergie. D'autres loups sous forme animale le rejoignent. Des bruits de frottements derrière moi me signalent que la petite meute s'éloigne de Bardhyl et Dušan pour rejoindre leur Alpha.

Ce n'est que quand l'étranger émerge complètement de l'obscurité que je le distingue clairement. Il n'est pas vieux, peut-être dans la trentaine, il a des cheveux bruns séparés sur le côté, en bataille, lui couvrant un œil. Il a le menton de travers, comme s'il avait eu un accident grave. Et il a un air familier… comme si nous nous étions déjà rencontrés. Je me creuse la tête, mais j'ai croisé tellement de gens, la plupart sur de courtes périodes. Ils apparaissent furtivement dans mon esprit, mais j'ai évacué la plupart de mes souvenirs depuis longtemps. Beaucoup tombent dans deux catégories : ceux qui m'ont fait du mal, ou ceux qui sont morts et m'ont laissée en vrac. Ce qui veut dire que, qui que soit ce type, eh bien… ce doit être un abruti.

– Meira, prononce-t-il, et mon estomac se serre, parce qu'il se souvient de mon nom, et moi j'ai oublié son visage. Je t'ai cherchée. J'ai entendu une petite fille parler d'une Meira dans ces bois, alors nous sommes venus enquêter.

– J'espère pour toi que tu ne lui as pas fait de mal, lancé-je, levant mon arme.

J'étriperai cette fouine s'il a fait quoi que ce soit à Jae.

– Tu t'en soucies vraiment ? Depuis quand ?

En entendant son léger zozotement, la mémoire me revient. Peu après la mort de maman, je l'ai rencontré au cours de l'un de mes séjours dans une ville du nord de la Transylvanie, où de petites fractions de meutes apparaissent régulièrement. C'est une zone sauvage, où les bagarres pour de petites parcelles de terre, juste en dehors du territoire de Dušan, surviennent quotidiennement. J'ai rencontré cet homme dans une petite communauté. J'étais plus jeune, perdue dans le monde, et je lui ai fait confiance quand il m'a offert le gîte et le couvert.

Mais en échange, il voulait quelque chose que je ne pouvais pas lui donner. Cette nuit-là, il m'a appelée son Oméga et a tenté de me violer, alors je lui ai balancé un coup de pied dans l'entrejambe. Cet enfoiré m'a frappée jusqu'à ce que j'en ai les yeux si enflés que je ne voyais plus rien. Tous ces souvenirs, la laideur du monde, ma peur, se sont mélangés en un magma que j'ai remisé au fin fond de mon esprit. J'avais l'intention de les oublier... et il est hors de question de faire revivre ces souvenirs maintenant.

C'est la raison pour laquelle j'ai fini par vivre seule, pour ça que j'ai construit une cabane dans les arbres, et pour ça que je n'ai jamais aidé quiconque. Cela fait très longtemps, mais maintenant que je le revois, je tremble.

– Tu me dois quelque chose, gronde-t-il. Et je suis là pour prendre mon dû.

– Mais de quoi est-ce qu'il parle ? demande Lucien, me serrant plus près de lui.

Dušan en homme et Bardhyl en loup nous rejoignent pour faire face aux intrus.

Nous sommes quatre, face à eux qui doivent être quinze. Est-ce qu'il y a encore d'autres loups qui nous épient dans l'ombre ? Depuis combien de temps nous traquent-ils, si Bardhyl n'en a repéré qu'une poignée un peu plus tôt ?

Je crache sur la terre et lui adresse un rictus. C'est bien plus qu'Evan ne mérite.

– T'es qu'une ordure. Tu m'as tabassée et attachée à un arbre, où tu m'as laissée pendant des jours.

À mes côtés, Dušan se raidit et fait un pas en avant.

– Elle ne te doit rien. Mais tu as pénétré mes terres. Je suis l'Alpha du Territoire des Ombres, et tu paieras de ton sang.

Evan ricane, comme si la menace ne signifiait rien pour lui.

– Je l'ai protégée des hommes qui avaient prévu de l'enlever et la violer. Et elle a crié au meurtre quand je l'ai touchée. Pétasse frigide.

Il me regarde, secouant la tête dans une vaine tentative d'écarter de ses yeux la mèche de cheveux, qui ne bouge pas.

– Je t'ai attachée pour te donner une leçon. Mais tu t'es échappée, non ? Tu sais combien de ressources j'ai dû donner à ces hommes pour qu'ils te laissent tranquille et ne te pourchassent pas ? Tu devrais me remercier.

Il pose une main sur sa poitrine, comme si ses paroles venaient du cœur.

– Maintenant, je viens pour mon paiement, et pour ça, je vais te niquer, encore et encore.

Bardhyl émet un grognement si brusque et fort que je sursaute.

– Putain, je n'ai pas de temps pour toutes ces conneries, grogne Dušan. Barrez-vous, ou vous finirez comme eux. (Il pointe du menton les loups morts sur ma gauche.) – C'est ma seule offre de paix.

Personne ne répond. Evan lève les yeux au ciel, appuyé sur une jambe. Il promène un regard sur son large groupe, puis sur nous quatre. Oui, c'est aussi ce qui me tracasse. Mais je mourrai avant de laisser ce trou du cul me revendiquer. On dirait que je me bats.

La main de Lucien repose sur ma taille, et il m'a collée contre lui. Il me jette un bref coup d'œil, murmurant pendant qu'Evan raconte des conneries à mes Alphas :

– Dans une seconde, l'enfer va se déchaîner. Grimpe dans un arbre aussi vite que tu peux. Ce sera plus facile pour toi de te défendre, tu pourras les repousser avec une branche pour les empêcher de grimper derrière toi. Compris ? Je vais essayer de rester près de toi.

Avant même que je ne puisse répondre, l'énergie de mes Alphas qui se transforment me percute. L'air est saturé de leurs puissantes odeurs musquées.

– Votre temps est écoulé, déclare Dušan.

Il se change en loup, et bondit à l'attaque, Bardhyl et Lucien sur les talons.

Je file en arrière. En courant, je cherche le meilleur arbre, j'en repère un aux branches plus basses, et au feuillage plus épais pour me cacher.

Mais avant que je ne puisse atteindre mon havre, quelqu'un se jette sur mon dos, me projetant en avant, ventre à terre.

Mes cris sont étouffés par la terre qui m'emplit la bouche. Je me retourne au moment où le poids se soulève de mon dos et je plante mon couteau, frappant l'homme barbu, qui ne s'y attendait pas, en plein dans le ventre. Ce n'est pas profond, mais suffisant pour faire couler le sang et le distraire.

Je lui balance un grand coup de pied dans le menton, et tandis qu'il titube, je cours pour me sortir de là. Choisissant un autre arbre rien que pour échapper à cet abruti, je contourne la bataille et finis par grimper dans l'arbre parfait, avec des branches hautes énormes et beaucoup de feuillage.

J'empoigne la branche la plus basse et balance rapidement mes jambes pour grimper, quand quelque chose me mord la cheville et me tire vers le bas. Mais je me cramponne désespérément, donne des coups de pied frénétiques. Je baisse les yeux vers le loup gris agrippé à ma jambe, alors qu'un autre s'approche. Je lui balance un violent coup de pied dans le museau et il me lâche en gémissant.

Je me hâte de grimper dans l'arbre, repoussant les branches épineuses lourdement chargées de feuilles rondes d'un vert profond. L'écorce de ce tronc m'arrache la peau.

D'ici, j'observe toute la zone.

Les loups combattent. Des dents, de la fourrure, des grondements.

Les sons agressifs qu'ils émettent me donnent la chair de poule. Je ne sais pas si je pourrais jamais me battre de cette façon.

J'entends un grognement sous moi. Je jette un œil : ce maudit barbu est de retour, les yeux aussi gris que sa peau houleuse, sa lèvre supérieure formant un angle bizarre, conséquence d'une vieille blessure. Je tremble de colère.

Je range le couteau dans ma botte et attrape une branche plus fine aux épines pointues. Je tire dessus des deux mains, le bois craque et cède. Reculant par contrecoup, je tends une main et agrippe le tronc pour me stabiliser.

– Ça ne sert à rien de te cacher, pétasse, grogne-t-il.

Je me déplace pour me tenir sur une branche juste au-dessus de lui. Heureusement, il n'est pas très doué pour grimper. Je soulève ma branche, poussant une épaule contre l'arbre pour garder l'équilibre, mes pieds calés sur une plateforme formée de branches croisées. Puis j'abats mon arme.

Elle le frappe en pleine tête et lui griffe tout le côté du visage. Il crie sous le choc, et ses mains font des moulinets quand il tombe et percute lourdement le sol. Sa figure est ensanglantée – aïe, j'ai fait bien plus de dégâts que je ne le pensais. Putain, ouais.

Lucien était sur quelque chose quand il m'a dit de me cacher là-haut.

Les bruits torturés de la bataille me font tourner la tête vers les autres loups qui se ruent dans ma direction. Je m'accroche à ma branche, le ventre tellement serré que j'en suis presque malade.

Ils grognent au pied de l'arbre pendant que le barbu se relève. Je balance à nouveau mon arme, mais l'imbécile l'attrape et tire dessus avec une force incroyable, m'entraînant avec – je perds mes appuis.

Je sens ma fin venue en voyant le sol se rapprocher à toute vitesse. Un buisson ralentit ma chute, me piquant et me coupant. Je gémis, j'ai l'impression d'avoir le corps en feu. Je m'attends à ce que des dents plongent en moi pour me déchirer, me réduire en morceaux.

Des mains fortes m'agrippent les chevilles, on me tire sur le sol. Je crie, cherche quelque chose qui pourrait me servir d'arme. Des poignées de feuilles mortes ne vont pas m'aider.

Je me tourne sur le côté, rouant de coups l'enfoiré barbu qui me sourit avec ses dents pleines de sang, là où je l'ai blessé. Il mérite cent fois pire.

– Lâche-moi !

Je lui jette tout ce que je peux attraper, et j'essaie de me redresser pour attraper mon couteau dans ma botte, mais c'est impossible. Il me traîne tellement vite que des feuilles et des brindilles s'incrustent sous mon haut.

Je continue de me débattre et lutter contre lui, hurlant pendant que deux loups ennemis le suivent de près. Quand il relâche enfin mes jambes, je ne vois plus mes Alphas ni le combat.

Je cherche le couteau dans ma botte, tandis que les loups grognent dans mon oreille et que le gars en face de moi défait sa ceinture.

– Je sens ton excitation, marmonne-t-il.

Soudain j'ai la nausée. Les ténèbres tourbillonnent autour de moi, la bile me monte à la gorge. Mes doigts se referment sur le couteau.

Je tremble atrocement, parce que si nous perdons cette bataille, je me trancherai la gorge plutôt que laisser ces monstres me toucher.

Mais avant qu'il n'ait baissé son pantalon, je plonge sur lui lame en avant. L'abruti m'esquive et attrape ma main armée, serrant jusqu'à ce que je crie de douleur.

L'arme me tombe de la main, et il m'agrippe la gorge.

– Ça va être chouette de te briser, salope sauvage.

– Va te faire foutre.

Je lui crache au visage.

Il lève la main et me frappe violemment la joue, la douleur se répercute dans mon crâne. Des étoiles dansent devant mes yeux et le monde s'incline sur son axe.

Tout à coup il est arraché de là. Je trébuche pour retrouver mon équilibre.

J'entends des grondements et des cris assourdissants. La panique s'abat sur moi, et je me frotte les yeux pour y voir plus clair. L'air agité par tout ce tumulte me cingle. Derrière moi, les loups s'enfuient en gémissant. J'ôte la main de l'endroit où la claque est toujours cuisante. Devant moi se tient Dušan dans sa forme de loup, du sang coulant de sa gueule. À ses pieds gît l'homme barbu, immobile, avec trou béant dans la poitrine, comme si Dušan lui avait brisé les côtes pour arracher son cœur.

Cette image sanglante devrait me terrifier, mais je ne me suis jamais sentie aussi protégée de toute ma vie. Le voir aller à de tels extrêmes envers quiconque me fait du mal m'envoie des papillons dans le ventre.

Il se transforme et en quelques instants, se tient devant moi sous sa forme humaine, tout son corps zébré de sanglantes estafilades. Mais peu importe, je me jette dans ses bras.

Auprès de mes Alphas, je me sens comme chez

moi. Je n'arrive pas à donner un sens à cette pensée, mais c'est la vérité.

Je m'écarte finalement quand Lucien nous rejoint, nu et blessé, mais souriant.

– Eh bien, c'était marrant.

Il rit et essuie la coupure qui saigne sur sa bouche.

L'ombre d'un loup fonce entre les arbres dans le lointain, chassé par un autre. Un cri de douleur étranglé éclate dans les bois.

– Qu'est-ce qui se passe ? Est-ce que Bardhyl va bien ?

Comme s'il répondait à mon appel, il accourt à travers bois droit sur nous, sa fourrure blanche emmêlée et tachée de sang. Il est plus grand que dans mon souvenir, ses babines retroussées, et il n'y a pas une once d'humanité dans son regard. Il disparaît dans l'ombre, et un autre cri déchire l'air.

– Bardhyl s'est perdu dans la bataille, alors on le laisse nettoyer le reste, pour que son Berserker puisse sortir de son corps.

Je cligne des yeux dans la direction où il a disparu, et je ne nie pas que le voir comme ça me fait peur. Il va s'occuper du reste de la meute tout seul ?

– Est-ce qu'il est souvent comme ça ?

– Quand il est très en colère, il ne peut pas se retenir, répond Lucien.

– Que faisons-nous? demandé-je. Et qu'en est-il d'Evan ?

– Evan ne fera plus jamais de mal à personne, bébé. Maintenant, on s'assied, et on attend que Bardhyl ait achevé le reste de la meute. Ensuite, nous essaierons de le calmer.

Cette partie me semble terrifiante. Je ne sais pas combien de temps s'écoule avant que Bardhyl ne réapparaisse, toujours sous sa forme de loup. Il a le souffle court, et du sang a giclé sur son long museau pointu. Sa poitrine se soulève, ses babines sont retroussées, ses oreilles rabattues.

Un frisson me parcourt la colonne et fait céder mes genoux. Il me regarde fixement, et dans ces yeux, je ne vois aucune trace de Bardhyl.

– Humm, les gars, qu'est-ce qu'il est en train de faire ?

Puis il plonge sur nous.

CHAPITRE 15

MEIRA

*J*e suis complètement terrorisée en regardant le loup blanc qui se dirige vers moi.

Mes jambes sont paralysées. Mon cri reste bloqué dans ma gorge.

Il n'y a aucune trace de Bardhyl dans ces yeux verts profonds. Rien que son côté bête sauvage.

Lucien pose une main sur mon ventre et me pousse derrière lui, pendant que lui et Dušan interceptent Bardhyl.

Ils sautent sur le loup, le percutent tous deux.

Je bats en retraite. Mon cœur est sur le point de lâcher quand tous trois se vautrent en tas. Des grognements éclatent dans l'air, les dents du loup claquent, babines retroussées.

Bardhyl gronde et ne me quitte pas des yeux – comme si j'étais son repas et qu'il tuerait quiconque l'empêcherait de m'atteindre. Dušan lui bloque un bras autour du cou pendant que Lucien se jette sur son dos.

Ce n'est pas Bardhyl. Pas mon Bardhyl… l'homme qui m'a rendue folle dans la grotte, qui m'a fait tomber amoureuse de lui. Comment peut-il être mon âme sœur alors qu'il a l'air prêt à me tuer ?

C'est un monstre.

Incontrôlable.

Sauvage.

Dušan et Lucien l'ont cloué au sol, tandis qu'il pousse des grognements terribles.

– Meira ! hurle Dušan. Viens par ici.

Je ricane et recule encore.

– Hors de question. Regarde-le.

– *Meira,* grogne-t-il. Il cherche un lien avec toi, pour se calmer et repousser son loup.

Je cligne des yeux en les regardant tous deux qui tentent de maintenir à terre le loup déchaîné. Il veut que je le *caresse* ?

– Il ne va pas m'arracher le bras, hein ?

– On ne le laissera pas faire, mais bon sang, dépêche-toi !

Lucien me lance un coup d'œil, mâchoire serrée, luttant de toutes ses forces pour retenir Bardhyl.

– Il a besoin de toi.

Oh bon sang, je vais vraiment faire ça, n'est-ce pas ? Je m'avance, passant la langue sur mes lèvres sèches, les bras raides le long du corps. Plus je m'approche, plus Bardhyl grogne et se débat. Sait-il ce que nous sommes en train de faire, ou ne le réalisera-t-il qu'après m'avoir dévorée ?

Je les contourne, laissant la tête de Bardhyl à bonne distance. Il me suit des yeux tandis que j'atteins son flanc. J'ai les bras qui tremblent quand je les tends pour glisser mes doigts dans sa fourrure épaisse et luxuriante. Elle est encroûtée de sang, et son corps brûlant vibre.

Il tressaille, et une décharge électrique fulgure dans mon bras quand je le touche.

Je recule juste au moment où Bardhyl, d'une ruade, éjecte les autres Alphas de lui. Il ne lui faut qu'une fraction de seconde pour me mordre.

Je hurle, mon corps s'engourdit, j'ai l'impression que c'est ma fin.

Sa tête frappe ma poitrine et me renverse, et je crie de douleur. Puis il bondit par-dessus moi et file dans les bois. En larmes, je porte la main là où il m'a percutée.

Je penche complètement la tête en arrière pour le voir s'éclipser dans la pénombre.

Dušan m'attrape le bras me relever. Me tenant d'une main contre lui, il ôte des brindilles de mes cheveux de l'autre.

– Bon sang c'était quoi, ça? m'écrié-je. Vous disiez que vous le teniez !

– Dès que tu l'as touché, il n'allait plus te faire de mal, explique Dušan.

Lucien nous rejoint en s'époussetant.

– Tu aurais pu le dire plus tôt, tu sais. Je suis presque sûre que je viens de faire ma première crise cardiaque.

Lucien me sourit.

– Tu en fais des tonnes. Nous le maîtrisions. Tu penses que nous n'avons jamais eu à le gérer quand il est dans cet état ?

– Et bien pas *moi*.

Je m'écarte de Dušan, respirant calmement pour apaiser mon rythme cardiaque et chasser la peur qui m'étrangle.

– Alors où il est maintenant ? Est-ce qu'il sera de nouveau lui-même à son retour ?

– Il a besoin de temps pour se remettre,

explique Dušan. C'est un Berserker dans l'âme, Meira. Quelque chose d'atroce leur est arrivé, à lui et sa meute, au Danemark, et ces atrocités ont marqué son loup, l'ont changé en une créature que même lui a du mal parfois à contrôler.

J'essaie d'avaler l'énorme boule que j'ai dans la gorge. Dans quoi me suis-je embarquée ?

– Est-ce que ça va aller pour lui, ici, tout seul ? demandé-je.

Je mentirais si je disais que je ne suis pas intimidée, voire un peu effrayée par lui, mais ce qui s'est épanoui entre nous la nuit dernière vibre toujours aussi fort dans ma poitrine.

Un craquement de feuillages me fait lever la tête. C'est Lucien qui revient, tout habillé et rapportant ses vêtements à son Alpha. Avec tout ce qui s'est passé, ce n'est que maintenant que je remarque vraiment la nudité de Dušan. Ses gros muscles saillent sur sa poitrine, ses abdos, ses bras. Ses cheveux noirs en bataille tombent sur ses épaules et son visage quand il se penche en avant pour enfiler son pantalon. Je ne peux m'empêcher de contempler sa verge si parfaite. Je me rappelle quand il m'a revendiquée et m'a nouée. Tout en lui – et chez mes autres Alphas – est bien plus que sexy. Ils sont beaux à pleurer, ces hommes qui ont des monstres en eux... tout comme moi, si jamais nous parvenons un jour à la faire sortir.

Quand Dušan me surprend en train de le mater, les coins de sa bouche se relèvent en un sourire diabolique, et ses yeux recèlent la promesse silencieuse de ce qui nous attend.

– On y va. Nous passerons la nuit dans la ferme près de la rivière.

Il serre les lèvres et jette un œil à Lucien, qui hoche la tête et part dans la direction opposée.

– Où va-t-il ? m'étonné-je.

– Chercher de quoi manger. On n'arrivera pas à la maison avant la nuit, et je veux attendre Bardhyl.

La chaleur envahit mon ventre. Dušan se préoccupe de ses proches, et c'est quelque chose que j'admire chez lui. Dans ce monde, personne ne se soucie des autres. C'est peut-être pour cette raison qu'il a une si grande meute, pourquoi ils restent et se battent pour lui. Je tends la main pour ôter une feuille de ses cheveux. Il me la prend, la porte à sa bouche. Ce baiser m'envoie de petites étincelles dans le bras et dans tout mon corps. Une petite lueur scintille dans ses yeux bleus, comme s'il ressentait la même chose.

– Tu es blessée ? s'enquiert-il en m'attirant à lui.

Il me serre si fort que je sens son érection. Bon sang, c'est du rapide.

Ses doigts caressent doucement mes cheveux emmêlés. Son odeur masculine, sombre et sauvage, me submerge. Des frissons me parcourent quand son autre main se faufile sous mon haut et attrape l'un de mes seins, ses doigts pinçant mon téton.

Je crie de désir.

– Ne me fuis plus jamais. Nous ne faisons qu'un. Et tu m'appartiens.

Ma culotte fond en un instant, mon corps ne contrôle plus rien devant ces loups. Sa domination est un aphrodisiaque.

Je halète contre lui, contemplant ses lèvres pleines, les imaginant parcourir mon corps, pressées contre ma vulve, trouvant ma chaleur. Un moment j'ai peur pour ma vie, et l'instant d'après, j'ai envie de sauter sur Dušan. Ça me paraît normal en compagnie de ces Alphas.

– Je ne te perdrai plus jamais, grogne-t-il. (Il déglutit bruyamment, les tendons de sa gorge remuent quand il parle.) J'irai même dans l'au-delà te récupérer si tu meurs avant moi.

Dušan

*S*es yeux s'élargissent.

Je pense chaque foutu mot que je prononce. Ces derniers jours ont été une vraie torture. Quand je regarde dans ses yeux bronze pâle à présent, je vois une femme qui ne ressemble plus à la fille perdue que j'ai trouvée dans les bois. Elle a changé, elle est devenue plus courageuse, elle a commencé à se retrouver.

Je baisse la tête et hume son doux parfum de cerises. Ses lèvres rubis s'entrouvrent avec impatience. Je presse son sein, son mamelon rond dressé... tellement parfait. Ma hampe tressaute dans mon pantalon, elle durcit. Est-ce qu'elle réalise au moins l'impact qu'elle a sur moi... sur nous tous ? Je n'ai jamais vraiment compris les liens entre les âmes sœurs, même quand Lucien me les a expliqués, et que j'ai été témoin de son atroce souffrance. Rien ne m'avait préparé à la force qui me dévaste le cœur aujourd'hui.

Elle lève les yeux sur moi, ses doigts s'enroulent dans le tissu de mon t-shirt à manches longues, elle presse son corps contre le mien. Nos lèvres se fondent ensemble. La chaleur et la douceur m'envahissent quand sa langue se mêle à la mienne. Je la serre plus fort et l'embrasse profondément à mon tour, me noyant dans l'odeur grandissante de son nectar qui me fait palpiter l'entrejambe. Je pousse mon membre durci contre elle, qui gémit dans ma bouche. Mon cœur bat à tout rompre.

Putain, elle m'a manqué. Tout ce que j'ai en tête, c'est de la déshabiller et la prendre contre un arbre. Je ne me retiens pas, je la fais reculer, la cloue contre un tronc, me plaque contre son petit corps.

J'étais son premier, et elle sera toujours à moi. Magnifique et fougueuse. Mais la sauter maintenant, ça ne va pas le faire. Nous sommes dehors, à découvert, en terrain dangereux.

– Tu me fais tellement d'effet, souffle-t-elle. Mon corps réagit d'une manière que je ne comprends pas.

Elle m'embrasse encore, pressant ses seins contre ma poitrine. Puis sa main descend, glisse sur le devant de mon pantalon. Elle empoigne ma queue, et je siffle d'un désir exacerbé.

– Prends-moi, supplie-t-elle.

Ça me rend dingue. Sa bouche se colle de nouveau à la mienne, elle me mord les lèvres, son parfum m'engloutit, me noie.

Je m'arrache à son baiser en faisant appel à toute ma force intérieure.

– Pas ici, Meira. Quand je vais te sauter, je prendrai mon temps, et je te ferai crier.

Elle proteste avec un gémissement qui me rend dingue, puis tombe à genoux devant moi. Sa faim me fait frémir au plus profond de moi, alors que je lutte pour réfréner la mienne. Je n'aurais pas dû commencer, car un simple toucher réveille l'essence sauvage qui réunit une Oméga et un Alpha. Son désir grandit.

Ses doigts tirent sur mon pantalon, le déboutonnent, et ma queue jaillit, tellement tendue que c'en est douloureux.

Je devrais dire *non*, mais un désir irrésistible me pousse, encore et encore.

Ces lèvres magnifiques et sexy glissent sur le bout de ma hampe, et je suis perdu. Sa bouche chaude est comme un brasier, et sa langue me titille, me lèche, me suce plus fort.

Je grogne, mon loup rugit en moi. Je plaque une main sur l'arbre derrière elle tandis qu'elle me prend encore plus profond dans sa bouche, et pose mon autre main derrière sa tête pour la guider.

Je frémis, à sa merci, et mes yeux se promènent sur elle qui lève les siens vers moi, le regard intense, tandis que sa bouche fait des va-et-vient sur moi. Rien que la voir me revendiquer envoie des flots de sang vers ma queue.

Tout au fond, des étincelles se mêlent à mon désir.

Ce soir, je la sauterai… et ça, c'est si j'arrive jusqu'au cottage sans plonger ma hampe dans sa douce intimité bien serrée.

Elle me suce plus fort et je hurle, le plaisir déferlant en moi avec la férocité d'un orage. Heureusement, les hampes de loups ne nouent que lorsqu'ils font l'amour, pas pendant la fellation, car je serais furieux de ne pas pouvoir profiter de ça.

Je gémis plus fort, j'ai envie que ça dure… mais c'est un problème ici. Nous formons des cibles faciles.

Putain de merde.

Je me glisse hors de sa magnifique bouche, et elle m'adresse un regard suppliant.

– Ne me regarde pas comme ça. J'ai trop de peine à résister.

Je lui prends la main et l'aide à se relever, puis me reboutonne. Mon membre est un putain d'ana-conda, et dans son état actuel, il a du mal à entrer dans mon pantalon.

– Je t'en prie, Dušan…

Je prends ses joues en coupe, embrasse ses douces lèvres.

– C'était terriblement sexy, mais on doit d'abord nous mettre en sécurité. Le crépuscule approche, il faut qu'on trouve un abri.

Je jette un œil par-dessus mon épaule. C'est trop tranquille. Je suis sur les nerfs en imaginant les morts-vivants s'attaquer à nous.

Elle m'adresse un simple hochement de tête, et le désir qui nous anime tous deux se calme avec la brise fraîche qui nous balaie.

Je la mène à travers bois jusqu'au vieux cottage près de la rivière, ramassant des branches en chemin, espérant que Lucien ramène une grosse prise.

– Tu m'as manqué, murmure Meira.

Je presse doucement sa main dans la mienne, et la regarde qui me sourit. Elle ne le dit peut-être pas, mais c'est ce qui se rapproche le plus d'excuses pour s'être enfuie. Et ça me convient très bien.

*L*a porte du petit cottage grince quand Dušan l'ouvre. Une odeur de renfermé nous accueille. Je grimace en scrutant l'obscurité à l'intérieur. Dušan entre le premier, les planches de parquet gémissent à chacun de ses pas. Il avance vers la cheminée, y jette la brassée de bois qu'il a ramassée. Mon fagot dans les bras, j'attends sur le seuil. Quand il s'éclipse dans un couloir, je jette un œil derrière nous. Aucune trace de Lucien qui nous chasse à manger, et je n'ai aucune idée d'où a pu partir Bardhyl.

Dušan me fait signe d'entrer quand il revient quelques instants plus tard.

– Tout va bien.

Il ouvre les vieux rideaux jaunes décorés de

petits piments rouges, soulevant un panache de poussière dans l'air.

Je tousse.

– Cet endroit est couvert de poussière.

J'entre, dépose mon tas de petit bois près de la cheminée et l'aide à ouvrir les fenêtres pour aérer. La pièce principale est dotée d'un grand canapé installé devant une énorme cheminée à l'ancienne, abritant un chaudron pendu à un crochet métallique. Il y a plusieurs chaises dans un coin, et c'est tout. Pas d'autres meubles. L'endroit a l'air isolé, vide et triste. Les murs sont dépourvus de photos ou autres traces de la famille qui a vécu ici autrefois. Qui qu'ils aient été, ils ont eu le temps de faire leurs valises et de partir après l'arrivée du fléau. Je trouve un balai et commence à balayer le sol de la poussière, afin de ne pas passer la nuit à éternuer. En plus, une fois la nuit tombée, nous devrons refermer les fenêtres et les rideaux, pour éviter d'attirer l'attention des morts-vivants avec des lumières mouvantes.

Dušan entre dans la pièce les bras chargés de couvertures et de serviettes.

– Regarde ce que j'ai trouvé dans le placard. Elles nous tiendront chaud.

Il les pose en tas sur le canapé et j'attrape

aussitôt celle qui l'air d'être la plus grande, pour en couvrir le canapé.

Il sort et revient avec un seau d'eau.

– Assieds-toi. Laisse-moi nettoyer ta morsure.

– Ça devrait guérir tout seul assez vite, dis-je, mais je m'assieds néanmoins sur le canapé.

Il se laisse tomber à mes côtés avec un chiffon humide, et je baisse mon haut sur mon épaule pour dévoiler ma blessure. Le sang souille ma peau et colle au tissu. Il l'essuie doucement, concentré sur sa tâche.

– Merci d'être venu me chercher, de me protéger, de me soigner. Je n'ai pas vraiment l'habitude que quelqu'un soit…

Je n'arrive pas à trouver le bon mot.

– Aimant, attentif, incroyablement merveilleux ? plaisante-t-il.

J'ai envie de rire, mais la blessure me pique, et je grimace à la place. En regardant par-dessus mon épaule, je vois quatre perforations nettes, et plusieurs petites marques de dents. La morsure parfaite.

– Est-ce que ça fait très mal ? demande-t-il.

– Ce n'est pas la première fois que je me fais mordre. Et je suis sûre que ce ne sera pas la dernière fois.

Il essuie la goutte de sang et applique le chiffon sur la blessure, faisant pression jusqu'à ce que le sang coagule.

– À partir de maintenant, les seules morsures que tu recevras viendront de nous trois.

Il y a un brasier intense dans son regard. Mon esprit repart dans les bois, quand je l'ai pris dans ma bouche. Je n'ai jamais fait ça avant, mais ça m'a paru naturel, et la faim que j'ai ressentie pour lui ne ressemblait à rien de ce que j'avais jamais connu. C'est plus fort qu'avant. Rien que d'y penser, une pulsation se réveille entre mes cuisses.

Comme s'il sentait le désir sexuel grandissant en moi, les yeux de Dušan s'écarquillent, et sa respiration devient saccadée. Il se lève aussitôt.

– Je vais faire du feu. Va voir ce que tu peux trouver d'utile dans les autres pièces.

Quand il s'éloigne, l'envie me démange jusqu'au bout des doigts de l'attirer à mes côtés. Une brûlure enivrante s'empare de moi. Il a peut-être raison : il faut que je me distraie avec autre chose avant que nous ne nous sautions dessus, et que Lucien rentre avec le repas pour découvrir que nous n'avons rien fait d'autre.

Dušan ne perd pas de temps, il s'agenouille

devant la cheminée et prépare le feu pour l'allumer.

Debout, je me pourlèche les lèvres, et ignorant le besoin grandissant de l'embrasser, je gagne la cuisine. Les placards sont vides. Il n'y a que quelques assiettes, des couverts, et quelques bougies éparpillées dans les tiroirs. Pas de four. J'emprunte un couloir obscur, parviens dans une salle de bains crasseuse. La puanteur me donne la nausée quand je repère le rat mort dans la douche. Je referme vite la porte. Un lit une place en fer forgé, sans matelas, meuble la chambre suivante, et des chiffons et du papier jonchent le sol.

La dernière chambre est garnie d'un grand lit, et même d'une armoire. J'ouvre les rideaux, toussant à cause de la poussière qu'ils soulèvent. Il y a une vue parfaite sur la rivière à cinq ou six mètres, l'eau qui éclabousse les rochers le long de la rive, et au-delà, la forêt. Ça a l'air presque tranquille, ce qui est complètement trompeur.

À la hâte, je vérifie l'armoire, qui sent la naphtaline. Pas de vêtements ni de chaussures, mais dans le bas, je trouve d'autres couvertures. Elles sont bleues, ma couleur favorite, alors je les prends et j'en étale une sur le lit. Puis je me jette dessus et je souris.

Pendant des années, j'ai dormi sur le plancher de bois de ma cabane, ou sur des branches dans les arbres, alors c'est le paradis total, tout comme ça l'était dans les lits de l'enceinte des Loups Cendrés.

Le matelas s'enfonce près de mes jambes. Mon cœur manque un battement. Je me redresse en sursaut – face à Dušan.

Il rampe au-dessus de moi alors que je reste allongée sur le ventre, et son regard bleu plonge dans le mien. Cet Alpha est un guerrier, un leader, un survivant. Tellement de gens le suivent, en admiration devant ses croyances, et c'est quelque chose que j'admire chez lui. Cela semble impossible qu'un tel homme soit avec moi maintenant, me regardant comme si j'étais déjà nue, et qui ne me lâchera pas avant de m'avoir revendiquée.

Il est à quatre pattes au-dessus de moi, ses doigts me grattent le cou quand il écarte mes cheveux. Ses lèvres et son souffle brûlants caressent la chair tendre de mon cou, pendant que son érection s'installe dans le creux de mes fesses.

– Pendant des jours, je n'ai pensé qu'à te sauter, me murmure-t-il à l'oreille, me laissant tremblante d'excitation.

Il ne lui faut pas grand-chose pour m'allumer.

Un baiser, une caresse, quelques mots, et je suis modelable à merci entre ses mains.

– Tu aimerais ?

Il se soulève, attrape à deux mains la taille de mon pantalon et me l'arrache d'un coup, soulevant tout mon corps par ce geste agressif. Il me claque brutalement les fesses.

Je grimace, et lui jette un œil par-dessus mon épaule. Les siens sont fixés sur ma croupe, ses mains empoignent sa ceinture et tirent sur la boucle.

Il me gratifie d'un sourire diabolique, très explicite sur ses intentions. Un simple regard, et je tremble de l'excitation qui grandit en moi.

– Dans les bois, tu m'as démonté, dit-il en levant les yeux vers moi. Tu me fais ressentir des choses que personne ne m'a jamais fait ressentir.

Ses mots sont intenses, forts. Pour notre première fois ensemble, il était plus doux avec moi, plus patient, mais l'homme qui se tient devant moi est bien trop parti pour faire autre chose que me sauter. Et je trouve terriblement sexy de lui faire perdre le contrôle.

– Mets-toi à quatre pattes, ordonne-t-il.

Il s'empare de mes hanches et les relève.

Je lui obéis, puis sa main se glisse entre mes

cuisses pour m'écarter les jambes. Des doigts gour-
mands glissent sur les replis de mon intimité, doux
au départ, puis avec deux doigts, il écarte mes
lèvres, effleure la chair tendre et gonflée.

Je reste immobile, haletante, le cœur battant à
tout rompre.

Ses doigts reviennent, glissant sur la chaleur
humide qui recouvre l'intérieur de mes cuisses. Il
me consume par sa seule présence. Il introduit
deux doigts en moi, les enfonce fort et vite. Je
cambre le dos, j'adore cette euphorie, et je pousse
contre lui. Puis il les retire, et descend du lit.

Je tourne la tête, mais fais non de l'index.

– Je n'ai pas dit que tu pouvais bouger. Reste
comme ça, que je puisse voir ton offrande juteuse
qui m'attend.

Ma matrice se contracte à ces mots, et il rit,
comme s'il voyait l'impact qu'il a sur moi.

Il ôte son pantalon et son t-shirt, et se tient au
pied du lit, nu, et captivant.

– Ta chatte est super sexy.

Ces paroles sont les plus belles à mes oreilles.

Il est à moi et je suis à lui... Ce sont les mots qui
envahissent mon esprit alors que mon corps s'embrase pour lui. Il est de retour, à genoux derrière
moi, ses doigts glissant le long de mon dos, s'en-

roulant dans mes cheveux. Gentiment, il tire ma tête en arrière, tandis que le bout de sa queue touche mon entrée.

Il émet un grognement sauvage et mon corps réagit, vibrant d'adrénaline, mes parois intimes cherchant déjà sa hampe.

Le cœur battant, je gémis quand il me pénètre, une main me tirant les cheveux tandis que l'autre m'agrippe la hanche. Il s'enfonce profondément, puissant, et dominateur.

Je crie quand l'excitation me submerge, me déchirant d'un désir insupportable. Il me saute fort, et je balance mon bassin d'avant en arrière à la rencontre du sien. Le sommier grince, et la tête de lit en métal heurte le mur.

Il me revendique, nous rappelant à tous deux ce qui lui a manqué, ce qu'il croyait avoir perdu.

Des gémissements de plaisir m'échappent quand il s'enfonce plus profond, accompagnant ses propres grondements tonitruants. Lâchant mes cheveux, il empoigne mes hanches, plongeant ses doigts dans la chair, et il pompe, se perdant en moi.

Un désir impétueux et lubrique brûle entre nous. Sa force s'empare de moi et je le laisse me prendre, m'ouvrir, parce que je veux que ma louve se connecte à son loup. Nous sommes imprégnés de sexe et craignons que ce que nous avons ne nous soit retiré.

Sa queue grandit en moi, le bout enfle à mesure qu'il me saille.

Il me saute d'une façon parfaite. Au début, j'ai voulu me cacher de lui, m'enfuir, mais j'avais tort. Il est la réponse à tout ce que j'ai toujours voulu.

– Ne pars plus jamais.

Son murmure est à peine audible, mais je l'entends, teinté de douleur. C'est pour ça qu'il me prend si brutalement, pour ça qu'il est sur le point de se perdre. C'est la punition qu'il m'inflige pour l'avoir fait souffrir. Je le comprends, et ça devrait m'agacer, mais je vois que c'est un homme aux prises avec des émotions inconnues.

Je gémis à chaque poussée, mes mains agrippant la couverture, les orteils crispés. L'extase monte en moi si vite que la pièce commence à tourner. Mes tétons sont si durs qu'ils me font mal. Il passe la main autour de ma taille, la descend sur mon clitoris, le frotte. L'excitation s'embrasse comme si n'elle attendait que ce déclencheur, et putain... Je hurle quand l'orgasme déferle, me secoue, m'envoie au septième ciel, me fait perdre la tête.

Sous le coup de l'orgasme, tout mon corps se contracte.

Dušan grogne quand je me resserre autour de sa queue, et il accélère le mouvement.

Soudain, il se fige en rugissant, répandant sa semence en moi. Il y en a tellement. Je sens sa chaleur, je la désire, j'en ai besoin. Je halète quand mon corps finit par céder sous l'épuisement, et je tombe à plat sur le lit, tête la première, Dušan sur moi. Nous sommes tous deux à bout de souffle, trempés de sueur, le cœur battant à tout rompre. Il m'attrape le menton et me force à le regarder, puis sa bouche réclame la mienne dans un baiser torride.

Il est enfoui tout au fond de moi, verrouillé en moi avec sa hampe nouée. C'est tout ce que je désire. Une partie de moi continue à penser que lui, Lucien et Bardhyl ne méritent pas une complication telle que moi. Que je n'apporterai que du chagrin dans leurs vies. Mais je me souviens qu'il est bien trop tard à présent. Ces pensées appartiennent à mon moi d'avant. Nous revenons de loin, et nos liens se sont renforcés à chaque seconde passée ensemble. Mon nouveau moi veut embrasser ce changement, reconnaître qu'être seule n'est plus une option.

Dušan rompt notre baiser et nous fait rouler sur le côté, ses bras m'enveloppant les épaules et le ventre.

Nos respirations s'apaisent et je me love contre sa poitrine, sa passion attisant mes émotions envers lui.

– « *Ne pars plus jamais.* »

Ses mots chantent dans ma tête. Il ne m'était jamais venu à l'esprit que mon absence pouvait affecter à ce point les Alphas.

Ses lèvres frôlent mon oreille.

– Je n'ai pas pu résister quand je t'ai vue allongée sur le lit.

– J'avais envie de cette libération.

Après le désir refoulé dans les bois, j'avais besoin de ça plus que je ne l'avais réalisé.

Il me serre et je ferme les yeux, me laissant croire que nous sommes en sécurité dans son enceinte. Une douce chaleur se répand dans ma poitrine en sa présence. Je sens ma louve s'agiter, comme si elle était enfermée et ne savait pas comment sortir. Eh bien, comme ça nous sommes deux.

– Est-ce que tu sens ta louve ? me demande-t-il, posant une main à plat sur ma poitrine. J'ai senti qu'elle essayait de sortir quand nous ne faisions qu'un.

– Oui, pour la première fois, je la sens vraiment. Comme si elle bourdonnait juste sous la surface, mais elle est perdue.

– Je me souviens qu'elle a essayé d'atteindre mon loup. C'est un progrès, Meira. À notre première fois ensemble, je ne l'avais pas sentie comme ça.

Je souris et saisis son bras costaud autour de moi, croyant qu'il y a peut-être assez d'espoir que je m'en sorte vivante. C'est étrange, après tout ce temps où j'ai désiré ardemment qu'on ne me trouve jamais, que les autres me laissent seule, que le monde m'emporte s'il le voulait. La solitude provoque des choses étranges sur l'esprit. Mais à présent, tout ce dont j'ai envie, c'est de ne pas perdre la vie. Et ça a tout à voir avec ce que m'offrent mes trois Alphas.

Ils sont à moi. Je les ai revendiqués autant qu'ils m'ont revendiquée, et que l'univers aille se faire voir s'il croit pouvoir se mettre en travers de notre chemin. Mais l'inquiétude ne me quitte pas totalement. Elle est toujours tapie là, dans un coin de ma tête, me rappelant en permanence que j'ai une maladie en phase terminale, et la peur que si je

finis par me transformer, ma louve devienne folle
et me tue, ainsi que ceux que j'aime.

Lucien

*L*a nuit commence à tomber quand je
descends la colline vers la ferme délabrée
au bord de l'eau. Je l'ai découverte auparavant, et la baraque a des portes et des fenêtres
intactes, alors j'ai bon espoir que personne ne s'y
pointera pendant notre sommeil. Après l'attaque
de cette tête de nœud d'Evan, j'ai caressé l'idée
qu'on voyage de nuit pour arriver au plus vite à la
maison. Mais il vaut mieux qu'on se repose cette
nuit et qu'on parte tôt demain matin. Mon ventre
se serre au souvenir de la bataille. Je voulais être
celui qui arracherait la tête d'Evan, mais que
Dušan l'achève était tout aussi gratifiant.

À présent, je rapporte deux lapins et un faisan
que j'ai mis plus de temps que prévu à attraper,
étant donné que les animaux ne sont plus légion
ces derniers temps. Mais ils suffiront à nous nour-
rir, et je parie que Bardhyl s'est déjà gavé des

animaux qu'il aura pourchassés pour épuiser l'adrénaline de son loup. Ça fera plus de lapin pour moi. Je me cure les dents, essayant d'ôter le morceau de fourrure toujours coincé depuis que j'ai chassé ces bestioles sous ma forme de loup. J'en ai peut-être mangé un ou deux tout cru par accident.

Je me dirige vers la maison de plain-pied. Les murs en bois s'écaillent, abîmés par les intempéries, le toit est rouillé et les broussailles et mauvaises herbes étouffent le terrain. Des volutes de fumée s'échappent de la cheminée, ce qui veut dire que Dušan et Meira sont déjà là, prêts à manger.

La réalité d'avoir enfin trouvé Meira et qu'elle soit à nous me vrille l'estomac d'excitation. Je ne sais pas ce que j'aurais fait si nous l'avions perdue dans la forêt.

Je jette un œil par-dessus mon épaule, ne vois aucun mort-vivant me suivre. Bien. Il y a un vieux banc sur le côté de la maison, où je jette mes proies. Puis j'attrape un seau en bois, et le remplis de l'eau de la rivière. Puis je m'assieds, dépèce les lapins et les prépare pour les rôtir.

La porte d'entrée s'ouvre en grinçant, Meira passe la tête au coin de la maison et me regarde d'un air surpris. Elle a les cheveux humides et les joues rouges, comme si elle avait plongé dans la rivière.

– Il me semblait bien avoir entendu le bruit horrible d'un dépècement.

Elle sourit de son propre sarcasme, et j'adore qu'elle puisse encore plaisanter après tout ce que nous avons vécu aujourd'hui.

– Rends-toi utile.

Je lui tends le faisan.

Elle s'assied à l'autre bout du banc, à peine à une longueur de bras. Elle pose l'animal sur ses genoux et sans hésiter, commence à le plumer. Je remarque le léger creux de son épaule, là où elle s'est fait mordre par ce salaud d'Evan. Ce sont des ordures dans son genre qui ont ruiné notre monde.

– Dušan prépare une broche, et il y a un chaudron dans la cheminée. Il y fait une soupe avec des oignons sauvages et des champignons qu'il a trouvés, et il n'attend plus que la viande.

Elle marque une pause, se concentrant sur le nettoyage de l'oiseau.

– Tu penses que des sorcières ont vécu ici ? (Il y a de la gaieté dans sa voix.) – Je veux dire, qui utilise un chaudron pour cuisiner, de nos jours ?

Elle glousse, et je sens une énergie nouvelle

autour d'elle, comme si elle avait dormi et s'était réveillée rajeunie.

Juste au moment où cette pensée me traverse, la réponse me parvient. Elle est sous l'effet de l'adrénaline. Quand la brise arrive sur moi, je respire son odeur, sa chaleur… et celles de Dušan aussi. Quoi qu'il se soit passé entre eux, ça l'a soulagée.

C'est ça le truc : l'influence d'un Alpha sur une Oméga va bien au-delà de la simple satisfaction d'un besoin sexuel en vue de se reproduire. Elle aide à stabiliser les émotions, ce que beaucoup d'Omégas ne réalisent pas.

– La dernière chose qu'on veut dans ce monde, c'est de puissantes sorcières qui pourraient nous transformer en grenouilles.

Je ris à cette image dans ma tête.

– Peut-être que si les sorcières commandaient, ce ne serait pas si mal. Déjà, le problème des morts-vivants serait réglé.

Elle arrache les plumes qu'elle jette dans l'herbe, et l'endroit commence à ressembler à un abattoir de poulets.

– Donc tu penses que le plus gros problème de ce monde, ce sont les morts-vivants ? demandé-je.

Elle incline la tête pour me regarder.

– Eh bien oui, tu n'es pas d'accord ? Le virus a

détruit le monde, et maintenant on n'est plus en sécurité nulle part.

– Ma beauté, il y a des choses ici-bas bien pires que les morts-vivants. Les Alphas qui massacrent tous ceux qu'ils rencontrent, qui enferment des femmes pour la reproduction... ce genre de loups se multiplie, et ce sont *eux* le véritable fléau de ce monde. Éradiquons les seigneurs de guerre, et on aura une chance de ramener le sens de la communauté et de l'humanité dans notre monde.

– Wouah, c'est plutôt profond.

Elle se tourne vers moi, pliant un genou entre nous sur le banc.

– Dušan, Bardhyl et toi, vous n'êtes pas comme les autres hommes que j'ai rencontrés. Pourquoi ?

J'arrache le dernier lambeau de fourrure de la patte du lapin en tirant sec dessus.

– La conviction qu'a Dušan qu'on peut rendre le monde meilleur a déteint sur nous.

– Tu lui confierais ta vie, n'est-ce pas ?

– Bien sûr, opiné-je. Il m'a sauvé des morts-vivants quand j'étais jeune, et je me suis engagé envers lui depuis ce moment. Il n'y a pas eu un jour où j'ai regretté cette décision.

Elle se tait pendant un moment, continuant de

plumer le faisan jusqu'à ce qu'il n'ait plus aucune plume, à part sur la tête.

– Je suis désolée de ce qui est arrivé à ta première partenaire. (Elle baisse les yeux sur l'oiseau déplumé.) Depuis tout ça, mes sentiments me submergent tellement qu'ils semblent me contrôler. Alors je ne peux qu'imaginer ce que ça t'a fait quand tu as perdu ton âme sœur.

– Ça va. La vie vous prend des choses et vous en offre d'autres. Je l'accepte, réponds-je presque aussitôt. (Beaucoup de gens m'ont posé cette question, et ma réponse est toujours automatique.) Mais je pense que j'ai refusé de passer à autre chose… et j'ai utilisé ça comme prétexte pour ne plus avoir de relation sérieuse avec quiconque. Je veux dire, les loups peuvent se mettre ensemble sans être des âmes sœurs, mais j'ai toujours eu l'impression de la tromper.

Meira pose son oiseau plumé près de mes deux lapins écorchés.

– Lucien, je ne… (Elle passe sa langue sur ses lèvres et me regarde, cherchant ses mots.) – Je ne veux pas être la prochaine raison qui fera que tu ne veux plus trouver l'amour.

Il me faut quelques secondes pour réaliser qu'elle parle de mourir de sa maladie. Cette pensée me retourne l'estomac, et j'ai la sensation d'avoir déjà vécu ça une fois.

– Je refuse de penser au pire des scénarios, Meira. Sinon, certains matins, je ne sortirais même pas du lit. Nous nous sommes trouvés pour une bonne raison, et je ne vais pas rester assis là à te perdre. Une fois de retour à la maison, nous parlerons à nos médecins, et trouverons une solution.

Ma voix est teintée de désespoir, et je déteste avoir l'air faible.

Elle tend la main et ses petits doigts s'enroulent autour des miens.

– Je vous ai fuis car je préférais que vous me détestiez parce que j'étais partie, plutôt que vous vous sentiez coupables de ne pas avoir pu me sauver. Et je ne voulais pas être responsable de vos morts si ma louve sort et vous massacre.

Elle a les yeux qui brillent, et merde, elle me serre le cœur. Elle l'a fait pour nous, et c'est à ce moment que je vois à quel point elle est tombée amoureuse de nous. Même si elle continue de lutter contre nous, je sais que par peur, pas par haine. Elle a peur pour notre sécurité. Peur de ce que nous pourrions avoir. Peur de ce que nous pourrions perdre.

– Meira, je préfère avoir quelques semaines avec toi que rien du tout.

Soudain, son menton se met à trembler et des larmes coulent sur ses joues. *Merde.* Je me lève la prends dans mes bras.

– Ne pleure pas. Nous trouverons un remède, je te le promets.

Elle lève les yeux, et j'essuie une larme.

– Je ne pleure pas sur mon sort, mais pour la douleur que je vais vous causer si je n'arrive pas à faire sortir ma louve.

– Alors il n'y a qu'une seule solution. (Je soulève son menton d'un doigt replié.) – Nous allons faire sortir cette maudite louve, même s'il faut nous enfermer dans une chambre pour les prochaines semaines.

Elle rit et je l'embrasse, le cœur serré par l'anxiété à l'idée qu'elle pourrait ne pas guérir. Putain, je déteste ces pensées.

Elle recule et sourit, les yeux brillants dans le soleil déclinant. Ses iris semblent presque scintiller dans la lumière rougeoyante, et son sourire enjoué me déchire le cœur. Je tends la main et enroule une mèche de ses cheveux sombres.

– Si tu continues à me regarder comme ça, on n'arrivera jamais à rentrer, me taquine-t-elle.

Une minuscule fossette se dessine avec ce sourire intense.

– Et pourquoi ce serait pas bien ?

Elle hausse les épaules.

– Je n'ai jamais dit que c'était mal, juste qu'on n'arriverait pas à l'intérieur.

Dušan franchit l'angle de la maison, portant un seau, et s'arrête en nous trouvant.

– Bon sang, je meurs de faim. Emporte ça à l'intérieur, grogne-t-il. (Puis il me lance le seau en bois.) Rends-toi utile, va chercher de l'eau pour la soupe et le thé. On pourra en faire avec la menthe que j'ai trouvée.

Je ris et me rends à la rivière. Quand je jette un œil en arrière, Dušan appuie son épaule contre le mur de la maison et étudie Meira pendant qu'elle ramasse les lapins et le faisan. Il est complètement perdu, tout autant que moi, dès qu'il s'agit d'elle.

Après la mort de Cataline, ma souffrance déchirante m'a laissé inutile et brisé. Alors que les dieux viennent en aide à la meute si Meira ne s'en sort pas, parce que Dušan ne comprendra pas ce qui l'aura frappé. Sa survie est devenue bien plus importante que juste pour elle et nous à présent...

Si Dušan s'effondre, la meute aussi.

CHAPITRE 17

MEIRA

*J*e n'arrive pas à me souvenir de la dernière fois où je me suis sentie aussi rassasiée, aussi bien, aussi heureuse. Lucien se prélasse sur le sol devant le feu, s'étirant comme un chat, le ventre plein, tandis que Dušan est assis près de moi sur le canapé, mes pieds sur ses genoux, ses doigts magiques pressant tous les points stratégiques sur leurs plantes.

– Si tu m'avais fait ce massage la première fois qu'on s'est rencontré dans la forêt, Dušan, je ne me serais jamais enfuie.

Je glousse de mes sottises, et Lucien nous regarde en roulant des yeux.

– Si seulement c'était aussi facile, ma petite tigresse, dit Dušan en riant.

Lucien se contente de me regarder avec malice.

La chaleur du feu est comme une couverture autour de moi, et je suis prête à dormir ici plutôt que dans la chambre. Je regarde en direction de la porte, avant de me tourner vers Dušan.

– Tu penses que Bardhyl va bien, tout seul dehors ?

– Vu son état actuel, on ne peut rien faire pour lui jusqu'à ce qu'il se calme.

Lucien est allongé sur le dos, sur la couverture étalée sur le plancher, faisant office de tapis devant le feu.

– L'année dernière, il est parti pendant trois jours, et est revenu complètement rasé, tête et corps.

– Qu'est-ce qui s'est passé ?

Lucien se rassied et se tourne vers nous, riant déjà. Dušan se met à rire à son tour, à cause du souvenir qu'ils évoquent.

– C'est pas drôle si vous me le racontez pas aussi, protesté-je, mon regard passant de l'un à l'autre.

– Eh bien, il a glissé, est tombé dans une ravine et a atterri dans une touffe de sumac vénéneux, commence Lucien. Ça le grattait tellement qu'il a fini par s'évanouir juste devant les portes d'une petite communauté d'humains.

Il part d'un rire hystérique, mais j'attends toujours la chute. Dušan prend le relais :

– Deux filles, qui devaient avoir dix-sept ou dix-huit ans, selon Bardhyl, l'on trouvé nu sous sa forme humaine, et tout rouge de s'être gratté. Elles ont pensé qu'il était humain comme elles et qu'il avait été attaqué, alors elles l'ont tiré jusque chez elles et l'ont rasé entièrement, y compris la tête, parce qu'elles croyaient qu'il avait des puces et n'allaient pas le laisser infester leur maison.

Je reste bouche bée.

– Elles l'ont rasé de *partout* ?

J'insiste sur le dernier mot.

Lucien hurle de rire, des larmes de joie coulent de ses yeux.

– Imagine ça. Elles ont taillé un cœur dans ses poils pubiens.

Cette fois, en imaginant ce puissant loup Viking complètement chauve et rasé, à part un cœur sur son entrejambe, je ne peux plus me retenir. J'ai mal au ventre de rire autant, parce que je ne peux qu'imaginer à quel point il a dû être furieux.

Quand je ne peux même plus rire tant c'est douloureux, je m'écroule sur le canapé et essuie mes larmes.

– Oh bon sang, c'est trop drôle. Il a dû être sacrément énervé.

– Il s'est réveillé et a surpris les filles, qui ont crié qu'il était un sac à puces, et puis il s'est tiré de là, réalisant qu'il avait été rasé, reprend Lucien. On ne l'a jamais laissé tranquille avec ça. Il a fallu un certain temps pour que ses cheveux repoussent.

– Et c'est pour ça qu'il a fait le vœu de ne plus jamais les couper, murmure Dušan.

– Le pauvre. Mais je parie que ces filles se sont bien amusées à raser un type aussi costaud, et elles ont *sûrement* touché sa grosse queue.

Je souris à cette idée, parce que je l'aurais sûrement fait aussi, par curiosité.

Mais les deux hommes me regardent avec un air bizarre.

– Quoi ?

– Il était probablement flasque, souligne Lucien.

Je hausse un sourcil. C'est *ça* qu'ils ont retenu ? Vraiment ?

– Si ça peut vous rassurer, vous en avez tous de

très grosses, dis-je. Je n'en ai vu que quelques-unes ici ou là, et je dois dire que vous avez des armes incroyables.

Lucien se met à genoux et tire sur sa ceinture.

– Je crois qu'elle veut que l'on compare pour elle. Qu'en dis-tu, Dušan ?

– Non, ce n'est pas ce que j'ai dit. Gardez-les donc dans vos pantalons.

Je lève les yeux au ciel, mais il fait soudain aussi chaud qu'en enfer dans cette pièce.

Dušan rigole, et je suis persuadée que mes joues sont d'un rouge écarlate.

– Très bien. Quand Bardhyl reviendra, on s'alignera devant toi. Et tu verras que je suis le vainqueur, prétend Lucien.

Dušan s'éclaircit la gorge.

Je me lève du canapé.

– Je vous laisse régler ça entre vous, et peut-être que vous pourriez me faire une tasse de thé pendant que vous y êtes.

Alors que ma première option est de sortir pour aller aux toilettes, je me ravise et me dirige plutôt vers celles au rat puant dans la maison. Je veux surtout pas être surprise dehors en train de me soulager, et je suis à peu près sûre que Dušan

ou Lucien insisterait pour venir avec moi et probablement me mater.

La salle de bains pue tellement que mes narines
me piquent à cause du relent âcre d'œufs pourris,
mais ça ne peut pas venir que d'un seul rat ; pour
ce que j'en sais, il doit y en avoir une demi-
douzaine de plus dans les murs. J'ai posé une petite
bougie que j'ai trouvée dans un tiroir de la cuisine
sur le lavabo sale, sa flamme vacillante projetant
des ombres sur les murs.

Je contemple l'infâme cuvette des toilettes. Je
doute que la chasse fonctionne, mais je n'ai besoin
que d'uriner, alors ça devrait aller. Je fais rapidement ce que j'ai à faire, mon regard fixé sur le rat.
Qu'est-ce qui l'a tué ? La faim ? Il n'y a pas de
mouches qui lui volent autour, donc il doit être
mort depuis un bout de temps.

Je termine et sors de la pièce, et vois Dušan et
Lucien qui rient en se dirigeant vers la porte
d'entrée.

– Putain, j'ai trop envie de pisser, marmonne
Lucien.

Je lève les yeux au ciel et vais dans la chambre
récupérer une autre couverture, parce qu'il
commence à faire froid, même avec le feu.

De retour dans la pièce principale, je me dirige vers le canapé quand un mouvement dans l'ombre près de la porte me fait sursauter. Un petit cri s'échappe de mes lèvres.

– Je te jure, Lucien, si c'est toi, je vais t'écorcher vif pour m'avoir fait peur.

Mon couteau est dans mes bottes près de la cheminée, et je scanne la pièce à toute vitesse en quête d'une arme à portée de main, quand la silhouette s'avance dans la lumière du feu.

Bardhyl.

Il est nu.

Il arbore une expression sauvage.

Ses yeux verts sont fixés sur moi.

Le bon côté des choses, c'est qu'il a repris sa forme humaine, même s'il a toujours l'air dangereux, et séduisant à la fois. Mes sentiments se battent contre mon désir pour lui.

– Oh ! Quand es-tu revenu ?

Je jette un œil vers la porte, me disant que je peux l'atteindre en courant – ou mieux encore, hurler – quand Bardhyl se met à bouger.

Il incline la tête sur le côté, comme le ferait un animal, et, cette fois, la peur rampe dans mon dos.

– On t'a laissé à manger.

Il regarde vers le chaudron. D'accord, donc il comprend mes paroles.

– Bardhyl, tu me fais peur, admets-je.

Il vient sur moi si vite que je n'ai pas le temps de réagir. Il me pousse, et mon dos heurte le mur, sa bouche sur la mienne, étouffant mon cri.

Toujours sur les nerfs, j'essaie de comprendre de quel Bardhyl il s'agit... le loup enragé ou le dominant ?

Mais même si mon propre désir s'enflamme en retour, et que je me liquéfie entre mes cuisses, je ne veux pas devenir sa proie. Et s'il ne faisait pas la différence entre le sexe et son repas ?

Je romps notre baiser.

– Bardhyl, arrête.

Je plante mon talon sur son pied.

Il siffle et me laisse assez d'espace pour que je m'échappe et me précipite vers le couloir. Merde, bien sûr, je suis partie dans le mauvais sens. Je fonce dans la chambre.

Bardhyl se rue vers moi, dents serrées. La bougie posée sur le placard l'éclaire et révèle dans ses yeux la faim qu'il a de moi.

Mon corps me trahit, il a envie de lui et se trémousse, mais c'est une terrible erreur. C'est un animal, je le vois dans ses yeux, et je lutte entre l'envie d'aller vers lui pour le calmer, et celle de sauter par la fenêtre.

– Meira, grogne-t-il, si sombre et si lourd.

Mon corps réagit par une envolée de papillons dans mon ventre. Vraiment, ma louve, tu as envie de lui alors qu'il est en mode Berserker cinglé ?

– Bardhyl… ce n'est pas toi. Parlons-en un peu d'abord.

Il secoue la tête et est sur moi en une seconde, me plaquant au mur. Dans mon cou, sa bouche me lèche de la clavicule au lobe de l'oreille.

Je ne devrais pas trouver ça excitant, parce que je tremble de peur, mais plus il me lèche, plus je brûle de désir. Ses doigts calleux se glissent sous mon haut et il me le tire par-dessus la tête, me forçant à lever les bras pour me déshabiller plus facilement.

Putain. J'ai le souffle court et mon clitoris palpite quand il fait glisser mon pantalon sur mes jambes. Le temps qu'il se penche en avant pour me l'ôter des chevilles, je reprends mes esprits et lui balance un coup de genou dans le menton. Il trébuche en gémissant et je m'écarte d'un bond, puis sprinte vers la porte.

Des mains fortes saisissent mon poignet. Je pivote pour faire face à l'une de mes âmes sœurs, le loup qui aime jouer et faire des paris gagnants, qui flirte avec moi et semble prêt à me grimper dessus. Je suis partagée entre *putain oui*, et *ça va trop vite* après l'avoir vu se perdre dans les bois.

Nos corps se heurtent et sa grande main me soulève par les fesses, le bout de ses doigts atteignant ma chatte brûlante. Je gémis presque aussitôt à ce toucher, comme si j'étais programmée pour lui répondre. Comme si le contrôle était une chose obsolète vis-à-vis de moi et de ces Alphas.

– Bardhyl, je t'en prie, allons-y doucement.

Certes, ce n'est pas ce que veut mon corps, mais je ne suis pas trop sûre de ce qui arrivera si je le laisse prendre les choses en main.

Il me regarde en se pourléchant les lèvres, puis me pousse sur le lit.

J'atterris sur le dos et rebondis, faisant grincer les ressorts. Il m'attrape prestement par l'arrière des genoux, me tire au bord du lit et m'écarte les jambes. Je me pousse en avant, et repousse sa tête de ma main pour tenter de m'éloigner.

– Reste tranquille, grogne-t-il.

Sa bouche part à l'assaut de mon intimité. Il

plonge et se jette sur mes lèvres, me prenant tout entière.

Un frisson me parcourt la colonne, et si je pensais être excitée avant, maintenant je ne suis plus qu'une flaque qui fond devant lui.

Il me lèche frénétiquement, et, bon sang, que sa langue est large et longue. Au moment où il la plonge en moi, je cambre le dos et crie de désir. Il écarte un peu plus mes jambes, me dévorant sauvagement. Les bruits de succion humides qu'il fait devraient être illégaux.

Je me tortille sous lui, me noie dans le plaisir alors que je devrais profiter de ce moment pour lui échapper. Bien que maintenant, je sois encore plus partagée sur la raison pour laquelle je voulais le fuir au départ. Mes pensées tourbillonnent tandis que je crie quand il tire sur mes lèvres brûlantes, une sensation qui me rend complètement folle. Les yeux clos, je n'arrive pas à réfléchir correctement, ni même à me soucier que le côté bestial de Bardhyl me revendique.

J'empoigne ses cheveux, écrasant son visage sur ma moiteur, tout en me frottant sur lui. Ses doigts se plantent entre mes cuisses. Il savoure chaque moment.

– Saute-moi !

Lucien grogne.

J'ouvre brusquement les yeux, et les vois, lui et Dušan, là, tous deux avec les mains sur leurs membres, regardant Bardhyl me lécher. Mais où est-ce qu'ils étaient ? Ou alors, est-ce qu'ils étaient là à regarder depuis le début ?

Il me lâche et je m'effondre sur le dos, serrant timidement mes genoux, ce qui est idiot.

— Depuis combien de temps est-ce que vous regardez ? demandé-je en remontant sur le lit, ramenant mes genoux sur ma poitrine, l'oreiller dans le dos.

Je bourdonne, au bord de l'orgasme. Mon excitation recouvre l'intérieur de mes cuisses, et je suis à deux doigts de baver.

— Assez longtemps, répond Dušan, la voix rauque, les yeux déjà vitreux de désir.

— Et t'es d'accord pour qu'il m'attaque en étant contrôlé par son loup ?

Lucien hausse les épaules.

— T'avais l'air de prendre du bon temps. (Il se tourne vers Bardhyl.) — Quand est-ce que t'es revenu, mec ?

— Un peu plus tôt. Je suis entré et j'ai d'abord trouvé la maison vide.

La rage s'empare de moi.

– Mais qu'est-ce… ? Alors tu n'es pas hors de contrôle ?

Bardhyl me jette un regard et me fait un clin d'œil.

– Oh, mon chou, c'est juste une petite revanche pour m'avoir attaché dans la grotte.

Je reste bouche bée devant la révélation qu'il a fait ça dans un esprit de revanche. J'attrape l'oreiller dans mon dos et le lui jette, l'atteignant en pleine poitrine.

– Espèce d'enfoiré.

– Et toi, ma douce tarte à la cerise, tu es une petite fille très chaude avec le minou le plus parfait et le plus doux du monde.

J'en perds mes mots, ne sais pas quoi dire. Je fronce les sourcils, parce que je suis frustrée maintenant, et il est hors de question que je montre à Bardhyl que j'ai envie de lui. Pour ce que j'en ai à faire, il peut bien souffrir.

Mais avant que je puisse descendre du lit, Dušan s'approche, ôtant son t-shirt.

– Tu n'as pas fini, beauté.

Ses mots m'envoient un frisson dans la colonne, et mon clitoris frémit comme s'il pouvait m'amener à l'orgasme dès qu'ils me toucheraient.

– Je suis d'accord.

Lucien est à ses côtés, ôtant son pantalon et son t-shirt, le sexe en érection. Je ne peux m'empêcher de regarder. En quelques secondes, tous trois se tiennent au-dessus de moi, nus, tenant leurs membres. Bon sang… Comment ça va marcher exactement ?

– Peut-être qu'on devrait faire un pari ? commence Bardhyl en me regardant. Voyons si tu parviens à résister et ne pas jouir ce soir ?

– Ferme-la avec tes stupides paris, dis-je. Quoi qu'il arrive, tu finis toujours par les gagner.

Il me fait un clin d'œil et souris timidement. À présent je suis au lit, nue, entourée de loups assoiffés de sexe, et ma libido les réclame. Et Bardhyl est redevenu lui-même.

Dušan grimpe sur le lit et rampe vers moi, et en un éclair, j'oublie tout. Je tremble à cause du frisson qui parcourt ma brûlante moiteur.

Je suppose qu'il est trop tard maintenant pour faire machine arrière. Ce doit être la chose la plus dingue que j'ai jamais faite, et je suis terriblement excitée à la perspective de ce qui va se passer.

Je mordille ma lèvre inférieure, et dans l'instant Dušan est sur moi, sa bouche contre la mienne. Il m'embrasse agressivement, prenant ce qu'il veut. Un bruit étrange s'échappe de ma gorge alors que je tombe sous son charme. Son corps contre le mien est brûlant. Il prend mon sein dans sa main en coupe et je gémis, poussant ma poitrine contre lui. Sa caresse, son baiser, sa voix excitent toutes mes terminaisons nerveuses.

La chaleur embrase mes cuisses. Je suis trop excitée par ce que Bardhyl a commencé plus tôt, et Dušan l'enflamme de nouveau. Ses doigts glissent le long de mon ventre, sur le petit monticule de poils, vers mon intimité brûlante. J'écarte les jambes et il se positionne entre elles.

Lucien et Bardhyl matent, comme si c'était un spectacle pour eux... mais ils attendent leur tour. Et je n'arrive pas à croire que tout cela m'excite autant. Un doigt se glisse en moi, puis un autre, et toutes mes terminaisons nerveuses crépitent.

Je rejette la tête en arrière et retombe sur le lit, sur mon dos. Le cœur battant à tout rompre, je gémis quand Dušan enfonce ses doigts en moi et prends un mamelon dans sa bouche, le suce et le mordille.

Mon sang file vers le bas et je suis tout près d'exploser de jouissance, je ne crois pas pouvoir me retenir plus longtemps. Je balance mes hanches d'avant en arrière quand soudain, Dušan s'arrête et retire ses doigts.

Je proteste d'un gémissement tandis qu'il recule et s'assied sur ses talons sur le lit, me dévorant du regard. Sa verge est très grosse et tendue, et sa tête bulbeuse est recouverte de sa propre excitation.

– Qu'est-ce qui se passe ? demandé-je. Pourquoi tu t'es arrêté ?

Il me prend la main, et me tire pour que je m'asseye bien droite. Il s'allonge sur le dos en travers du lit et met ses mains derrière sa tête.

– Tu es trop proche, me dit-il.

– Et alors ? Où est le problème ?

Je retrousse les lèvres. Il ne résiste pas à notre attrait, à l'alchimie invisible qui bourdonne entre nous, celle qui fait de nous des âmes sœurs.

– Ce soir, il en faut beaucoup plus. Dis-moi ce que tu veux que je fasse, ordonne-t-il.

– Je veux que tu me fasses jouir, que tu me fasses hurler, que tu soulages la douleur qui grandit dans mon corps parce que j'ai terriblement besoin de vous tous.

– Alors, dis-moi de te sauter.

J'aime assez son côté dominant, plus que je ne l'aurais jamais pensé.

– Est-ce que tu vas me sauter? demandé-je d'une voix douce et tremblante.

Je le veux, j'en ai besoin. Alors je n'hésite pas à

passer une jambe par-dessus lui et à le chevaucher, son érection frottant contre mon entrée. Il est si doux et si chaud. Il tend la main pour m'attraper les seins. Il m'est facile d'introduire en moi son érection. Je suis si mouillée que je glisse sur lui, et mes parois intimes se referment autour de lui quand je m'abaisse.

Tandis que ses yeux se révulsent et qu'un gémissement délicieux monte dans sa gorge, je trouve le courage de faire ça vraiment à ma manière. Alors que je l'enfonce en moi, je sens que je m'étire. Je tremble tandis qu'il agrippe ma taille et soulève les hanches, pénétrant plus profond encore.

Je pousse des cris de douleur et de plaisir. Mais il ne peut pas cesser ses va-et-vient en moi. Je le chevauche pendant que Lucien et Bardhyl contemplent mes seins qui rebondissent.

La chair de poule m'envahit, la friction provoquée par Dušan me consume de l'intérieur.

– C'est foutrement chaud, grogne Lucien.

Bardhyl vient se placer au bout du lit, juste à côté de nous, caressant sa queue.

Je m'incline vers l'avant, une main posée sur le matelas, l'autre empoignant le membre de Bardhyl. Acier couvert de soie, il est terriblement dur et épais. Je lève la tête sur lui et il se rapproche pour me donner un meilleur accès. Il guide sa verge dans ma bouche, il a un goût étrangement salé et sucré. J'ai presque envie de lui faire une farce à cet instant.

Mais Dušan me martèle si fort que je n'arrive pas à penser à autre chose qu'à notre frénésie sexuelle.

Bardhyl pousse plus loin dans ma bouche et je le suce. À cet instant des mains s'emparent de ma croupe, et il me faut une seconde pour réaliser que Lucien est maintenant derrière moi. Je sais exactement où ça nous mène.

Dušan ralentit alors que les doigts de Lucien glissent entre mes fesses, se servant de mes sécrétions pour me lubrifier.

— Bébé, tu es tellement mouillée, et prête pour moi.

Il introduit un doigt dans ma rosette et mes muscles se contractent.

— Tu es si étroite. Laisse-moi entrer, d'accord ?

Je ne réponds pas car je suis en train de sucer Bardhyl. Mais quand je sens que le bout de Lucien au bord de mon anneau plissé, je me raidis.

Dušan me caresse les seins, me pince les

mamelons. Un bourdonnement électrique me parcourt le dos.

Lucien entre doucement en moi, me pénètre sans se presser, et j'apprécie beaucoup.

Ils sont si tendres avec moi quand il le faut, et ils savent parfaitement quelle pression appliquer quand ils sont sauvages.

Quand les trois hommes me remplissent complètement, je suis complètement inondée. Ils commencent à danser en moi, tous au même rythme. Je palpite et souffre de désir. Ils me soutiennent et me sautent mes mains plantées dans la couverture, le feu m'embrasant la peau. Je ne me suis jamais sentie aussi comblée, aussi bien, aussi désirée.

– Tu es magnifique, gémit Dušan, me martelant de ses hanches, sa queue entrant et sortant de ma vulve.

Les doigts de Lucien me massent les fesses pendant qu'il me prend par-derrière. Le frottement qu'il provoque m'amène à un niveau inconnu d'exaltation. La queue de Bardhyl me remplit la bouche, sa large main posée sur mon dos.

Un gémissement s'échappe de ma gorge, et je me mets à trembler du plus profond de moi. Puis j'explose en un orgasme qui me frappe plus fort que la plus puissante des tempêtes. Il me balaie et m'emporte tout entière avant que je ne réalise ce qui m'arrive. Je convulse et mon corps se contracte. Les hommes grognent et feulent.

Alors même que je flotte sur mon extase, leurs propres jouissances éclatent, m'inondant de leur semence, le bout de leurs membres enflant, nouant, se verrouillant en place. Les verges de Dušan et Lucien se pressent contre mes parois intimes, serrées, bien ajustées.

Bardhyl hurle et sa chaude semence se déverse dans ma bouche quand il jouit. J'avale, je l'accepte en moi, et j'adore la façon dont, dans ce moment parfait, nous ne faisons plus qu'un. Un bout de chacun d'entre eux fait maintenant partie de moi.

La chaleur se répand en moi tandis que les muscles des gars se tendent. Mon sexe se resserre pendant que je redescends doucement du paradis.

Bardhyl se retire et tombe à genoux auprès de nous, les yeux vitreux, rugissant sous le coup d'une excitation explosive.

– Oh, mon chou, ta bouche est diabolique et délicieuse.

Il pose ses lèvres sur mon épaule, me lèche et me mordille, et sa main trouve l'un de mes seins.

Une puissance éruptive jaillit soudain de nulle

part et fait rage dans mon corps. Une énergie de louve sombre et dévorante, que je n'ai jamais ressentie. Elle me transperce, pousse en avant. La combinaison de mon corps qui vibre et des hommes qui me remplissent me fait quelque chose. Ma louve se frotte en moi et sa douce odeur m'engloutit, envahissante au point que je ne sens plus mes Alphas.

Une douleur me fouaille.

Les hommes restent collés à mes côtés. Mais je suis en train de changer, et une bouffée de panique m'envahit. Est-ce que je vais me transformer alors que deux queues nouées sont calées en moi ?

Je gémis de peur de ne pas y arriver, que ma louve me domine et nous tue tous dans ce parfait moment d'extase.

L'image de nous tous morts me hante pendant que l'énergie bouillonne et ondule le long de ma colonne, rampe en moi de la tête aux pieds et partout ailleurs.

Dušan feule de plaisir sous moi pendant que les mains de Lucien agrippent ma croupe, – seul Bardhyl ne fait aucun bruit. Je le regarde et remarque la pâleur de ses joues. Il le sent aussi…

Il commence à se lever quand Dušan grogne :

– Putain, ne brise pas notre connexion.

Sa voix est profonde, et bien sûr, il a senti l'énergie entre nous. Comment aurait-il pu faire autrement ?

Est-ce le moment où je me transforme ? Quand tout peut s'arrêter, ou recommencer ?

CHAPITRE 18

MEIRA

*B*ardhyl trouve ma bouche et m'embrasse profondément. La chair de poule se répand sur ma peau, tandis que des éclairs d'énergie ardente éclatent dans mon champ de vision et dans mon esprit.

Ça s'intensifie rapidement. Une chaleur nous consume et, pendant ces quelques instants, j'ai l'impression de flotter parmi les étoiles avec mes hommes, en un lieu où n'existe personne d'autre que nous. Mais je n'arrive pas à me défaire de l'appréhension qui me tenaille, que c'est peut-être le moment où je me transforme.

Mes Alphas grognent, comme si leurs loups répondaient à ma puissance. C'est peut-être le cas.

Mon cœur martèle sauvagement ma poitrine, et la chaleur me brûle. La sueur me coule dans le dos, et soudain, la pression de leurs nœuds se relâche en moi. Mais la langue de Bardhyl continue de se mêler à la mienne, et notre baiser m'hypnotise.

Je hume tous leurs parfums. Je les ressens... mais ce qu'il y a entre nous est bien plus que simplement physique. Je sens la légère caresse de la fourrure contre moi, comme s'ils étaient à mes côtés dans leurs corps de loups. J'ouvre les paupières. Tous les trois sont toujours humains.

Une lumière vive clignote derrière mes yeux.

En une fraction de seconde, quelque chose se brise en moi.

Crac.

On dirait des os qui se brisent, mais sans douleur, seulement cette lumière constante et agaçante derrière les yeux, qui m'aveugle. Bizarrement, elle me fait penser à la lune.

Ma louve se roule en moi, plus active qu'elle ne l'a jamais été. Elle se répand à travers moi, me consume.

Je m'ouvre à elle.

Tu peux sortir en toute sécurité. Rejoins-nous.

Une douleur vive, aiguë, me fouette la poitrine,

et je me brise. Je crie, la douleur enflant comme si quelqu'un versait de l'acide sur ma peau.

Je crie, puis m'évanouis.

———

*J*e sens le froid sur mon front, et il me faut quelques secondes pour reprendre mes esprits, pour tout me rappeler.

Les Alphas.

Le sexe, dément, délicieux.

Et quelque chose qui change en moi.

Ma louve.

J'ouvre les yeux et me redresse, assise dans le lit. Dušan est près de moi, tenant une serviette humide. Lucien est à mes pieds, tandis que Bardhyl est de mon autre côté. Ils me contemplent tous trois, choqués.

Je baisse les yeux sur une couverture qui me recouvre jusqu'à la taille, mais je suis humaine, il n'y a aucune trace de fourrure.

— Qu'est-ce qui se passe ? demandé-je, me souvenant à peine de ce qui est arrivé juste après notre partie de sexe en groupe.

– Tu t'es évanouie, mon chou.

Je me tourne vers Bardhyl tout près, toujours nu comme les autres. Il repousse les cheveux collés par la sueur sur ma figure. Sa main est douce et chaude, m'incitant à me pencher plus près et refermer les yeux.

Mais je repousse cette envie, j'ai besoin de comprendre.

– Est-ce que je me suis transformée ? J'ai eu l'impression que c'était peut-être le cas ?

D'abord, personne ne répond, et quand je croise le regard de Dušan, il secoue la tête.

– Tu es une déesse, Meira. L'énergie que ton corps a expulsée a envoyé une force incroyable dans nos corps. Ta louve est restée juste sous la surface. Je l'ai sentie, l'ai appelée. Mais elle n'est jamais venue.

Je ne sais pas quoi ressentir. Je suis triste. Déçue. Effrayée. La confusion s'insinue en moi alors que j'essaie de tout reconstituer, chassant les autres émotions.

– La lune ! m'écriai-je.

Je sors prestement du lit, repoussant les gars, la couverture glissant de mon corps. Nue, je me précipite à la fenêtre et repousse le lourd rideau pour regarder dehors. Les premiers rayons du soleil s'élèvent à l'horizon, teintant le ciel d'oranges et de rouges. Les ombres revendiquent la forêt au loin.

Je scrute le ciel à la recherche de la lune.

– Tu as entendu quelque chose ? murmure Dušan derrière moi, la chaleur de son corps se répandant sur moi.

– Il n'y a qu'une demi-lune, dis-je. C'était tellement bizarre. On était tous ensemble au lit, puis un étrange pouvoir m'a balayé, comme si ma louve allait sortir. J'aurais juré qu'elle allait le faire, et j'ai senti la lune m'appeler. Qu'est-ce qui n'a pas marché ?

Ses larges mains se posent sur mes hanches, m'écartant de la fenêtre. Il me retourne pour me faire face.

– Le pouvoir d'un loup vient de la lune, mais pas besoin que ce soit la pleine lune pour que ça nous affecte. La légende dit que le premier loup est né pendant une lune des chasseurs. Une meute de loups ordinaire a sauvagement attaqué une humaine. Elle s'accrochait à grand-peine à la vie après cette agression brutale. La seule manière de la sauver, c'était d'avoir la bénédiction de la lune.

Son énergie s'est mélangée à celle des loups, à partir de leur salive et de leur sang qui s'était infiltrés dans son corps. À la pleine lune suivante, elle s'est transformée pour la première fois en ce que nous sommes aujourd'hui. C'est la première de notre espèce. Les histoires racontent qu'elle a porté les enfants de neuf hommes différents, et qu'ils se sont répandus sur tout le globe pour peupler la terre.

Je cligne des yeux.

– Est-ce que c'est une histoire vraie ?

Il hausse les épaules.

– C'est un mythe originel, mais même si les détails sont sommaires, nous sommes effectivement plus forts à la pleine lune, et plus bestiaux. Toutes les blessures faites ces nuits-là guérissent instantanément. Mais nos transformations ne sont pas influencées par les phases de la lune.

– Alors pourquoi ma transformation n'a pas marché ?

Je souffle ces mots, à peine un murmure. J'ai la gorge serrée, j'ai l'impression de toujours lutter pour arriver à peine à garder la tête hors de l'eau. Rien de ce que je fais ne me donne un foutu répit.

Dušan glisse une main sur ma joue et me rapproche de lui.

– On en est tout près, ma beauté. Demain, nous nous lierons tous encore, et nous ferons grandir l'énergie entre nous. Et nous le referons, encore et encore, jusqu'à ce qu'elle sorte. Ensemble, nous guiderons ta louve pour qu'elle émerge en toute sécurité.

Le doute s'insinue dans mon esprit au souvenir de la douleur aiguë qui m'a transpercée quand j'ai cru qu'elle était en train de sortir. Quelque chose l'a retenue.

– Et si…

– Non, insiste Dušan. Je pouvais presque la toucher. Dans la semaine qui vient, tu te transformeras.

Sa confiance me réchauffe le cœur ; j'ai désespérément envie de croire qu'il a raison. Je reporte mon attention sur Lucien et Bardhyl, restés près du lit à nous regarder, espérant quelque chose que je ne peux pas leur donner. J'ai l'impression de les avoir laissés tomber, mais Dušan a tellement d'espérance dans son regard que je reste silencieuse.

Ses lents mouvements circulaires dans mon dos apaisent mon inquiétude pour le moment.

– Viens. Nous allons nous habiller et partir. Nous arriverons bientôt à la maison, et tout ira bien une fois de plus.

Soit il s'est lui-même convaincu que je suis déjà sauvée, soit il est très doué pour faire croire qu'il n'a aucun doute.

Mon cœur martèle mes oreilles pendant que le froid s'empare de moi. Mais je n'exprime pas mes craintes. Au lieu de ça, je lui réponds avec un sourire forcé.

En mon for intérieur, mes pensées psalmodient : *Je vous en prie, laissez sortir ma louve. Et ne la laissez pas me tuer en chemin.*

Dušan

*L*e soleil de midi nous illumine. Nous marchons depuis l'aube. Nous n'avons rencontré ni loups sauvages, ni meute, et les quelques morts-vivants que nous avons croisés étaient bien trop loin pour nous rattraper.

– Quand nous rentrerons, je vote pour un bain collectif dans la piscine, suggère Lucien, son regard fixé sur Meira.

Elle est magnifique, fascinante, et elle a une peur bleue. Elle sourit gaiement, mais ce n'est qu'une façade. Je le vois aux coins pincés de sa bouche, je le sens à sa transpiration, plus profuse que la normale au rythme où nous marchons. Sa poitrine monte et descend comme le courant vif de la rivière.

— D'accord, c'est ce qu'on va faire, répond Bardhyl. Meira, je vais t'apprendre à nager en canard. Même si tu ne sais pas nager, ça t'aidera.

Meira lui jette un regard perplexe, puis éclate d'un rire léger et sincère. Elle aime vraiment ses hommes, qui font ressortir un côté joyeux en elle, ce que j'adore.

— Je ne vois pas trop cette nage en canard, répond-elle. Est-ce qu'ils ne se contentent pas de flotter sur l'eau et de donner des coups de patte en dessous ?

— C'est Lucien qui me l'a apprise.

Lucien glousse et tape dans le dos de Bardhyl.

— Ça n'a rien à voir avec un canard. Je te l'ai déjà dit, mec. Ça s'appelle la brasse papillon, et c'est l'une des nages les plus difficiles à apprendre et maîtriser.

Bardhyl ricane, et prétend qu'il peut tout faire sans même essayer.

– Est-ce que les papillons nagent, au moins ? demande Meira, arquant un sourcil.

– C'est juste la technique, les mouvements des bras dans l'eau imitent ceux de leurs ailes, expliqué-je. Mais je suis d'accord, la nage pourrait t'aider à te renforcer et augmenter ton endurance pour quand ta louve sortira.

Elle quitte Lucien et Bardhyl des yeux pour les reporter sur moi.

– Je suis d'accord pour une fête dans la piscine, et je suis sûre que je vais facilement apprendre cette technique de nage.

Son regard défie Bardhyl.

Tous trois se mettent à bavarder, et de mon côté je lutte pour me concentrer sur autre chose que les évènements de la nuit dernière.

Son espoir s'est brisé quand elle a découvert qu'elle ne s'était pas transformée. Ça m'a fendu le cœur de voir son air effondré. Je ne nierais pas que j'avais bon espoir que sa première transformation ait lieu la nuit dernière. L'énergie avait hérissé tous les poils de mon corps ; mon loup bondissait en moi frénétiquement pour la libérer.

Mais ça n'est pas arrivé... Mais pourquoi, bordel ?

Je ne dis rien de mes inquiétudes. Pas avant

d'avoir pris le temps d'étudier ses résultats sanguins et comprendre quelle pièce du puzzle nous manque.

Nous ne sommes pas loin de l'enceinte, les bois nous sont familiers maintenant. Je ne pourrais pas être plus heureux d'être entouré de ma meute, dans la sécurité de nos murs. Je m'occuperai de Mad et de ses conneries après avoir guéri Meira. C'est ma priorité.

Je les écoute parler de natation, et je réalise que la partager avec les deux membres de ma meute les plus proches de moi, mes meilleurs amis, fonctionnera peut-être bien mieux que je ne m'y attendais. Même s'il y aura sûrement des nuits où je la voudrai pour moi seul et que ces fois-là, il n'y aura pas de maudit partage.

Les arbres s'éclaircissent à mesure que nous approchons de l'enceinte, et je distingue déjà le toit de la vieille forteresse au loin. Je ne peux pas m'empêcher de sourire. Je n'aurais jamais cru être aussi heureux de revenir à la maison.

Un lourd parfum de fourrure de chien mouillé et de terre fraîchement retournée me frappe soudain avec la brise qui souffle sur nous. Mes poils se hérissent. Des loups.

Bardhyl et Lucien s'arrêtent, Meira entre eux.

Un silence de mort flotte dans la forêt.

Je jette un regard inquiet à mes hommes.

– Restez près d'elle.

Je hume l'air et je sens encore cette odeur, qui me confirme que ce sont des Loups Cendrés. Avant que je ne puisse réagir, un mouvement sur ma droite attire mon attention.

– Dušan, appelle un homme dont la voix m'est familière.

Quand il émerge de l'ombre de la forêt, je reconnais Danu, un Beta. Je lui ai parlé une ou deux fois. Ma meute s'agrandit chaque semaine, et j'essaie de faire des rondes pour me familiariser avec chacun, mais c'est une recrue récente. Il se tient à cinq ou six mètres, grand et efflanqué, avec de courts cheveux dorés. Il nous regarde comme un cerf étourdi.

– Il vous est arrivé quelque chose ? demandé-je, réduisant la distance qui nous sépare.

Il ne répond pas, mais il a l'air effrayé, les épaules affaissées, de la panique dans son regard.

Un grognement sourd résonne dans ma tête. Quelque chose ne va pas.

Un vacarme inattendu de pas tonitruants tambourine derrière moi, comme un orage.

Je pivote pour découvrir une douzaine de

Loups Cendrés sous leur forme humaine, qui nous chargent de toutes parts. Des membres avec qui j'ai apprécié de partager un repas, ou une bière… Maintenant, la colère tord leurs traits. Je suis complètement abasourdi par ce qu'il se passe, et je réagis trop lentement.

Bardhyl se retourne, mais un Beta lui a sauté sur le dos, et un autre lui fauche les jambes. Il grogne et jette les bras en l'air quand il perd l'équilibre et tombe lourdement à genoux. Le Beta sur son dos lui plante une seringue dans le cou pour lui faire une injection. Le Viking les repousse d'un vif mouvement du bras, le faisant tomber. Il porte la main à son cou et titube avant de tomber à genoux, puis face contre terre.

Merde !

Je plonge vers eux en rugissant, mon pouls en furie, pendant que Lucien tire Meira en lieu sûr. Elle trébuche en s'éloignant, les yeux écarquillés devant cette attaque injustifiée.

Mais c'est trop tard. D'autres s'écrasent sur Lucien et la jettent à terre. Il attaque l'un d'eux, mais trois autres lui sautent dessus. Meira recule frénétiquement pour se relever, ramasse une branche et s'en sert comme arme.

Je fonce et enroule mon bras autour de la taille de Meira, la tirant à mes côtés.

– Bon sang, mais qu'est-ce qui se passe ? murmure-t-elle.

Je recule devant la douzaine de Loups Cendrés, des membres censés m'être loyaux. Lucien gît au sol, écrasé par trois hommes, et Bardhyl s'est évanoui à cause de la drogue qu'ils lui ont injectée.

Mon sang se fige dans mes veines.

– Vous paierez de vos vies pour cette trahison, grogné-je.

Je suis bien conscient d'avoir été pris en embuscade. Combien de temps ont-ils attendu notre retour ici ?

Meira est collée contre moi. Je mettrai en pièce chacun de ces enfoirés s'ils la touchent.

Je scrute leurs visages, mémorisant chacun d'entre eux pour le moment où je reviendrai les chercher. Rein croise mon regard... un jeune homme que j'ai sauvé des morts-vivants et ramené à notre enceinte. Il a perdu sa famille à cause des créatures. Son dévie de moi aux bois juste à côté.

Je tourne la tête et ma gorge se serre.

Mad.

Mon putain de demi-frère émerge de l'ombre. Ses yeux bleus glacier me transpercent, ses cheveux blond-blanc flottent dans la brise. Il porte des vêtements immaculés, un pantalon repassé, des bottes, et... est-ce que c'est ma chemise blanche ? La rage s'empare de moi.

– Bordel, mais qu'est-ce que t'as foutu ?

Je repousse Meira derrière moi et relève le menton, serrant les poings. J'ai envie de lui arracher ce sourire du visage.

J'aurais dû le tuer quand il est revenu dans l'enceinte. J'aurais dû savoir qu'il avait des alliés. J'aurais dû être plus malin, mais ma priorité était de retrouver mon âme sœur. Et c'était aussi une distraction mortelle.

– Mon frère, tu as pris ton temps pour rentrer. Ravi que tu aies ramené ta pétasse.

Je crache par terre entre nous.

– Je t'arracherai la tête si tu la touches.

Sauf que c'est trop tard. Je vois notre destin dans son rictus haineux et dans le piège formé par les loups qui m'ont trahi. Mon estomac se révulse à la pensée de ce que Mad a dû leur offrir pour les convaincre de le suivre. La promesse d'une immunité contre les morts-vivants ?

Meira est soudain arrachée de mon emprise et ses cris retentissent dans l'air.

Je me tourne et bondis sur les deux hommes

qui l'ont attrapée. Hurlante, elle dégage un bras pour le tendre vers moi. La peur qui se lit sur son visage me hantera pour l'éternité.

Mon loup griffe pour se libérer et les détruire. Je ne vois que du rouge et leur mort tandis que je cours vers elle, à deux doigts de la récupérer.

– Dušan ! avertit Meira, les yeux fixés sur quelque chose derrière moi.

À cet instant je reçois un violent coup de poing au milieu du dos, qui m'envoie par terre à quatre pattes. J'essaie de me relever, mais Mad bloque un bras de fer autour de mon cou, me retenant au sol.

– Elle n'est plus à toi, me murmure-t-il à l'oreille d'une voix rauque, empreinte d'une ironique allégresse.

Je n'ai plus que le meurtre en tête. Et combien je vais adorer lui ôter la vie. Tremblant de fureur, je me pousse contre lui. Mais tout se dissout quand je vois Rein planter une aiguille dans le cou de Meira.

Ses cris me transpercent.

J'explose, et mon loup pousse pour s'arracher de moi.

Je sens la piqûre aiguë d'une aiguille plantée dans mon cou, suivie de picotements dans mes membres. Puis l'engourdissement m'envahit.

Mad me balance un coup de poing dans l'épaule, tout comme je lui avais fait à la forteresse. Je m'écroule en avant. Mon cœur bat à tout rompre alors que je m'affale par terre, l'abattement alimentant ma rage.

Le monde est à l'envers dans mon champ de vision tandis que je gis sur le sol. Meira est à quatre pattes, haletant comme si elle étouffait.

J'ouvre la bouche, mais seul un gargouillement en sort.

Elle hurle de douleur, dos cambré. Sa peau se fend et la fourrure se répand, ses os s'étirent, sa mâchoire s'allonge.

Sa transformation se produit maintenant.

Oh, merde !

En me forçant, je me remets sur pieds. Le monde tourne autour de moi et je ne sens même pas mon propre corps. L'adrénaline me tient debout, je m'accroche à cet instant. Il faut que je la rejoigne. Que je me connecte à son énergie pour aider à sa transformation.

Meira !

Elle finit par me voir, et derrière ses yeux de louve se trouve ma magnifique petite amie. Sa panique m'appelle, alimentant la peur qui me serre le cœur à l'idée qu'elle ne survive pas à la transformation, que sa louve la tue.

Grognant, je force mes jambes engourdies à avancer, pour assister à sa première transformation. Un pas, et quelqu'un me frappe derrière la tête. Ma vision se brouille d'étoiles.

Je rugis et m'effondre comme un sac. Putain, je suis complètement inutile et ça me tue d'entendre ses hurlements.

Des ombres effleurent les bords de ma vision. Les ténèbres me cernent, mais je lutte contre ce que Mad m'a injecté, quoi que ce soit. Je me crispe et combats plus fort la toxine dans mes veines.

Je m'accroche au regard de Meira, même si mes muscles refusent de réagir, de m'aider à me relever.

Elle pousse et lutte contre la transformation. Mad et ses sbires se tiennent tout autour, à la regarder. Elle est au milieu de sa transformation, et ses cris sont comme des couteaux plantés dans ma gorge. Les premiers changements sont horribles, une vraie torture. Tout ce que je veux, c'est la prendre dans mes bras pendant qu'elle se transforme. L'aider à traverser ça.

Le feu en moi grandit de façon incontrôlable. Tout ce que nous avons fait pour l'aider n'aura servi à rien.

Ses vêtements en lambeaux gisent à ses pieds. Elle se secoue et ressort sous sa forme de louve… une fourrure fauve et rousse, des oreilles rondes plus sombres. Ce n'est pas une louve énorme, mais elle est spectaculaire. Ses yeux sont pâles, avec juste une nuance de bronze, sauf que je ne vois plus trace de ma Meira derrière eux.

Mon cœur se brise en deux, la douleur me vrille les entrailles, et tout ce à quoi je pense, c'est à son sourire, son rire, son corps contre le mien. La joie qu'elle m'a apportée causera ma perte. Je ne peux pas continuer sans elle à mes côtés.

Je vous en prie, faites que la louve n'ait pas tué ma douce Meira.

Il ne lui faut qu'une ou deux secondes pour scruter les environs et flairer l'air.

Et une fraction de seconde pour grogner sur les deux types qui plongent sur elle.

Babines retroussées, elle gronde avec une férocité immense et se retourne vers eux ; son agressivité n'a d'égale que celle de Bardhyl. Elle ne ressemble en rien à Meira.

La louve s'abat sur Rein et lui arrache la moitié du ventre d'une seule morsure brutale.

Une demi-seconde plus tard, elle se déchaîne sur les autres.

Des hurlements, et un combat furieux s'engage.

Si la louve a complètement pris le contrôle et qu'elle est partie, alors elle nous tuera tous. Si j'arrive d'une manière ou d'une autre à survivre à tout ça, je jure sur ma vie que je détruirai chaque putain d'enfoiré qui s'est dressé contre nous en ce jour.

Pour toi, Meira, je brûlerai ce monde.

L'heure n'est plus à la fuite...
...cette fois, je suis prête à me battre jusqu'à la mort.
La mienne, et la leur.

Par ma faute, mes trois partenaires ont été capturés par notre ennemi, et une fois de plus je suis toute seule.

Mais je ne peux pas laisser la trahison de l'ennemi sceller leur destin. Pour moi, et pour l'avenir que nous pensions avoir devant nous.

Ma seule solution, c'est de livrer cette bataille contre lui. D'embrasser le monstre qui vit en moi, et que j'ai craint toute ma vie.

L'ennemi pense que je suis la clé de son plus gros problème.

Les morts-vivants.

Mais je ne suis pas la solution. Je dois y retourner. Je dois sauver mes amants. Quel qu'en soit le prix.

Je n'ai plus beaucoup de temps. Ma vie pour les alphas.

J'ai un choix à faire. C'est une décision facile à prendre. Et mon monstre est d'accord avec moi. Nous voulons du sang, et cette fois-ci, je ne partirai pas avant que l'ennemi n'ait payé.

Obsédée par les Loups est le dernier tome de cette trilogie. La série dérivée, le Secteur Sauvage, se situe dans le même monde, et paraîtra bientôt.

Découvrez Obsédée par les Loups dès aujourd'hui !

Auteur à succès, Mila Young aborde tout avec le zèle et la bravoure des héros de contes de fées, dont les aventures ont enchanté son enfance. Elle élimine les monstres, réels et imaginaires, comme s'il n'y avait pas de lendemain. Le jour, elle joue du clavier en tant que génie du marketing. La nuit, elle combat avec sa puissante épée-stylo, réinventant des contes de fées, où les héros sexys vivent des histoires fantastiques. Durant son temps libre, elle aime imaginer qu'elle est une valeureuse guerrière, câliner ses chats, et dévorer tous les romans fantastiques qui lui passent sous la main.

À propos de Mila Young

Envie de lire d'autres romans de Mila Young ? Inscrivez-vous ici dès aujourd'hui. www.subscribepage.com/milayoung

Rejoignez le **groupe des Lecteurs Fantastiques** de

Mila pour des contenus exclusifs, les dernières infos, et des avantages.
www.facebook.com/
groups/milayoungwickedreaders

Pour plus d'informations...
www.milayoungbooks.com
milayoungarc@gmail.com

Lightning Source UK Ltd.
Milton Keynes UK
UKHW011239181021
392412UK00001B/203